설문대할망마씀,
일어납서

설문대할망마씀, 일어납서

초판 1쇄 인쇄일 2023년 01월 26일
초판 1쇄 발행일 2023년 02월 03일

지은이 장영주
펴낸이 양옥매
디자인 표지혜 박예은
마케팅 송용호

펴낸곳 도서출판 책과나무
출판등록 제2012-000376
주소 서울특별시 마포구 방울내로 79 이노빌딩 302호
대표전화 02.372.1537 **팩스** 02.372.1538
이메일 booknamu2007@naver.com
홈페이지 www.booknamu.com
ISBN 979-11-6752-269-6 [03800]

설화 감성 일기

설문대할망마씀, 일어납서

설문대할망이여, 일어나라!

· 장영주 글 ·

옛날 제주도 설문대할망 설화동화 이야기

책과나무

설문대할망마씀,
일어납서!

설문대할망은 큰 지럭시, 쎈 힘, 신비훈 신통력을 이용호영 생물권 보전지역, 물영아리오름습지, 물장오리습지, 동백동산습지, 한라산 1,100고지습지, 세계지질공원, 세계자연유산, 세계무형문화유산, 세계 7대 자연경관이영 제주도 자연을 멩글앗주.

◆ 설문대할망은 큰 키, 센 힘, 신비한 신통력을 이용하여 생물권 보전지역, 물영아리오름습지, 물장오리습지, 동백동산습지, 한라산 1,100고지습지, 세계지질공원, 세계자연유산, 세계무형문화유산, 세계 7대 자연경관 등 제주도의 자연을 만들었다.

세계 유일의 7관왕 탐라를 생성호영 환경을 사랑호게 호고 산, 오름, 굴, 섬, 지하수, 드르, 고지, 돌, 물, 바당, 고기, 전복, 헤녀 등 하건 걸 관장호는 장대훈 위상이영, 인간덜광 동고동락호영 바당을 향훈 꿈광 도전광 우리 조꼿디 언제나 살앙 잇이라!

◆ 세계 유일의 7관왕 탐라를 생성하여 환경을 사랑하게 하고 산, 오름, 굴, 섬, 지하수, 들, 숲, 돌, 물, 바다, 궤기, 전복, 해녀 등 모든 걸 관장하는 장대한 위상이며, 인간들과 동고동락하여 바다를 향한 꿈과

도전은 우리 곁에 언제나 살아 있어라!

　새로운 생명의 씨를 바당에 삐여 주곡, 벵디 세찬 ᄇᆞ룸 이겨 내는 돌담, 올레, 바당질, 오름질 멩글앙 살아 이신 걸 번성ᄒᆞ게 홈이난, 비록 죽을 쑤당 죽엉 ᄌᆞ식덜의 양식이 뒈엇젠 헤도 건 죽음이 아니라. 재창조의 기반이주. 대지의 꿈을 이루는 모성이여.

　◆ 새로운 생명의 씨앗을 바다에 뿌려 주고, 허허벌판 세찬 바람 이겨 내는 돌담, 올레, 바닷길, 오름길 만들어 살아 있는 것 번성하게 함이니, 비록 죽을 쑤다 죽어 자식들의 양식이 되었다지만 그건 죽음이 아니다. 재창조의 기반이어라. 대지의 꿈을 이루는 모성이어라.

　탐라 생성의 천년 침묵은 신화를 멩글곡, 천지개벽은 인간의 탄생을 알렴시난, 아! 설문대할망이여! 일어나라! 또시 깨어낭 제주도를 베리라. 이녁이 멩글앙 세계 어디 내 놔도 최고임을 자랑ᄒᆞ는 위대성, 창조성을….

　◆ 탐라 생성의 천년 침묵은 신화를 만들고 천지개벽은 인간의 탄생을 알림이니, 아! 설문대할망이여! 일어나라! 다시 깨어나 제주도를 보라. 그대가 만들어 세계 어디에 내 놔도 최고임을 자랑하는 위대성, 창조성을….

　할락산을 보고정 ᄒᆞ지 안허여? 백롬담 물 들이싸멍 속 달래고정 ᄒᆞ지 안허여? 천년동굴에 들어강 신비홈을 맛보고정 ᄒᆞ지 안허여?

◆ 한라산을 보고 싶지 않은가? 백록담 물 들이키며 속 달래고 싶지 않은가? 천년동굴에 들어가 신비함을 맛보고 싶지 않은가?

한모살 당케에 이녁 위ㅎ영 당신 세왕 잇이난 좌정ㅎ여. 칠머리당 영등굿을 세계무형문화유산에 올린 신화를 살려 내여. 세상사 파괴광 범죄광 살생광 시기랑 멀리ㅎ곡 절약 협동광 배려가 풍성혼 디, 이녁이 원혜난 염원을 또시 일깨우주.

◆ 한모살 당케에 그대 위한 당신 세웠으니 좌정하라. 칠머리당영등 굿을 세계무형문화유산에 등재한 신화를 살려 내라. 세상사 파괴와 범죄와 살생과 시기를 멀리하고 절약 협동과 배려가 풍성한 곳, 그대 원했던 염원을 다시 일깨워라.

인간이 신화를 멩글긴 ㅎ엿주만 그 신화의 힘, 저력, 가능성, 신비성, 괴력은 새로운 정신문화를 창조ㅎ는 밑걸름이메! 또시 골암시난 설문대할망이여! 당당ㅎ게 일어나라!

◆ 인간이 신화를 만들기는 하였지만 그 신화의 힘, 저력, 가능성, 신비성, 괴력은 새로운 정신문화를 창조하는 밑거름이여! 다시 이르노니, 설문대할망이여! 당당히 일어나라!

초라함, 움츠림, 조마심 문딱 네껴 불곡 사랑광 믿음광 용서로 탐라의 정체성을 뒈촛는 세계의 등피불, 찬란흔 문화를 고장피게 홀 위대혼 창조력을 발휘ㅎ영 또시 흔번 이녁의 저력 고장 피우라.

◆ 초라함, 움츠림, 조바심 다 던져 버리고 사랑과 믿음과 용서로 탐라의 정체성을 되찾는 세계의 등불, 찬란한 문화를 꽃피울 위대한 창조력을 발휘하여 다시 한번 그대의 저력 꽃피우라.

헤여 떠올르라. 설문대할망의 얼굴 가리지 말곡. 으남이여 가면을 벗으라.
◆ 해여 떠오르라. 설문대할망의 얼굴 가리지 말고. 안개여 가면을 벗어라.

바당 타는 섬, ᄇᆞ름 부는 섬, 위대ᄒᆞᆫ 창조의 섬, 이건 살앙 이신 신화곡, 천하 최고의 경관이곡, 천하 최대의 걸작을 멩근 설문대할망의 제주 사랑이렌 ᄒᆞ메.
◆ 바다 타는 섬, 바람 부는 섬, 위대한 창조의 섬, 이것은 살아 있는 신화요, 천하 최고의 경관이며, 천하 최대의 걸작을 만든 설문대할망의 제주 사랑이어라.

그리스·로마신화가 경 장대ᄒᆞᆺ인가? 설문대신화도 장대ᄒᆞᆫ 것사 세계 어디 신화에도 떨어지지 안헐 거여.
◆ 그리스 · 로마신화가 그리 장대하더냐? 설문대신화 또한 장대함이야 세계 어느 신화에도 뒤지지 않으리라.

프롤로그

아주아주 오랜 옛날, 천지는 붙어 있고 무아지경인 조그만 곳에, 천상의 세계에서 태어나고 자란 설문대라는 공주가 천하 세계를 동경한 나머지 치마폭에 흙과 오곡 씨앗 우마를 담아 내려오는데,

"이쯤이면 가운데가 되는가 보군."

눈짐작으로 흙을 부어 힘차게 천지를 가르매, 해도 달도 두 개가 뜨는 이상한 곳을 정리하고, 메밀 심고 조랑말 키우며 세상살이를 시작하는데….

설문대할망은 제주도를 만들었다고 전해지는 여신이다. 지역에 따라 선문대할망, 설문대할망, 설명두할망, 세명뒤할망 등으로 나타나며, 증보탐라지 담수계편에는 설만두고(慢頭姑)라고도 표기되어 있다.

또한, 18세기 장한철(張漢喆)이 지은 표해록(漂海錄)에 선원들이 한라산을 보고 설문대할망에게 살려달라고 비는 모습이 묘사되어 있는데, 이 책이 설문대할망 최초 기록이다.

「혹은 일어나 한라산을 보고 절하며 축원한다. "백록선자님, 살려주소. 살려주소. 선마선파님, 살려주소. 살려주소." 대저 탐라 사람에게는 세간에서 전하기를 선옹이 흰 사슴을 타고 한라산 위에서 놀았

다 하고, 또한 아득한 옛날에 선마고가 걸어서 서해를 건너와 한라산에서 놀았다는 전설이 있다. 그러므로 이제 선마선파와 백록선자에게 살려 달라고 빌어도 아무 소용이 없을 것은 당연하다(정병옥 옮김, 1979 : 79).」

위 인용문은 『표해록』 초닷새 일기의 중간 부분이다.

이렇듯 설문대할망은 제주 사람의 기상이며 영원한 대모이며 1만 8천여 신들의 표상이매 필자는 설문대할망에 관한 심층연구가 필요하다고 여겨서 영남대학교에서 『설문대신화에 나타난 교육이념 연구』로 박사 학위를 받았다. 또한, 설문대할망과 관련된 책자를 무려 18권 만든 경험과 자료를 바탕으로 여기 이 한 권의 책으로 묶음이니 이를 바탕으로 그리스 · 로마신화가 하루아침에 이루어지지 않은 것처럼 많은 글이 세상에 나와 다듬고 고치고 붙이고 떼고 만듦이 이어지길 소망하며,

'설문대할망마씀'은 설문대할망이 멀리 있을 때 부르는 말이고 '일어납서'는 잠들어 있는 설문대할망에게 소곤대며 깨우는 말이기에 여기서는 제목을 『설문대할망마씀 일어납서』로 했다.

덧붙여 지금까지 발표했던 모든 자료를 정리하는 과정에 약간의 오류를 발견한 것을 오랜 지인이며 전문가(박사)의 도움을 받으며 한 글자 한 글자 정성을 다해 수정 · 보완했음을 밝히며(올레 코스는 현재 조금 변경되어 예전 것과 병행) 대화글에는 제주어를 한두 마디 넣으므로

향토색 짙은 책을 만드는데 격려와 자문을 해 주신 모든 이들에게 감사의 알림을 하고자 한다.

표지의 한라산은 암흑의 세계를 치마에 담고 온 흙으로 탐라(제주·한라·영주)를 창조하여 편히 잠든 설문대할망 옆모습을 닮았다.

| 차례 |

21세기 설문대할망의 출현

에필로그 …………………………………… 159

부록

설문대할망
탐라창조

◈ 설문대할망 역사

제주는 100만 년 이전 섬이 형성되었는데, 주변은 빙하성 해수면 변동 때문에 해침을 받았다. 30만 년~70만 년 전에 한라산 고지대 화산체 형성, 영실 조면암 분출, 10만 년~2만 5천 년 전에 백록담 조면암과 오름 형성, 1만 5천 년~1만 2천 년 전에 독립된 섬으로 1만 2천 년~8천 년 전 최초 주민이 등장한다.

『탐라지초본』에 의하면 제주에는 곰, 호랑이, 표범, 이리, 황새, 까치가 없다. 일기는 항상 따뜻하나 흐린 날이 많고 맑은 날은 적다. 흙의 성질은 뜨고 건조하며 수확량이 적다. 돌이 많고 메말라서 마소로 밭을 밟는다. 산골짜기에 흐르는 물은 모두 땅속으로 스며들며 말라버린다. 분묘는 만들 시 돌을 모아 담을 쌓아서 우마의 출입을 막았다. 동문감에 백성들은 예전에 경계가 없어서 강하고 사나운 집안에서 날마다 잠식해 들어가므로 백성들이 이를 괴롭게 여겼다. 판관 김구는 백성들이 담을 쌓아 경계를 만들게 하였다. 방아질 할 때는 반드시 민요를 부른다. 노역하는 일은 여자를 시킨다. 다듬잇돌은 없고 나무 절구가 있다. 여럿이 절구를 찧을 때는 반드시 방아질 노래를 부르는데 노랫가락이 매우 애처롭다. 맷돌을 돌려가며 갈 때도 또한 그러하였다. 사람이 거처하는 집들은 모두 새로 이엉을 엮어서 지붕을 덮지 않고 굵은 줄로 긴 나무를 가로 맺고 눌러서 태풍의 피해를 막는다. 남자는 적고 여자는 많다. 물건은 등에 지고 머리에 이지 않는다. 말은 알아듣기 어렵다. 많은 사람이 음사를 숭상한다. 산과 숲, 내와 못, 물가와 평지, 나무와 돌 따위에는 모두 신사가 있다. 매해 정원 초하루로부터 보름날까지 남녀 무당이 신을 모시는 깃발을 높이 세우고 악귀를 쫓는 일을 벌이면서 징과 북을 앞세워 마을에 드나들면 마을 사람들이 다투어 재물과 곡식으로 제사를 지낸다. 또 봄가을에는 무리를 지어 광양당과 차귀당에서는 술과 고기를 갖추어 신에게 제사한다. 또 뭇 뱀들이 마룻대와 들보에 모이어 얼기설기 얽히는데 제사 때에 나타나지 않으면 상서롭게 여긴다. 토착민들이 뱀을 만나면 차귀의 신이라 하여 죽이지 못하게 하였다.

장한철의 『표해록』에서 1771년(영조 47년) 정월 초닷새 일기에 '백록선자'와 '선마선파'에게 살려달라고 기도하였다는 기록을 보면 백록선자는 한라산 신으로, 선마선파는 제주를 지키는 설문대할망(또는 매고할미)을 지칭하는 것으로 추론해 볼 수 있는 것이 최초 기록자료이며, 이후 1960년대에 이르러 제주인들이 채록한 자료를 통해 설문대할망 이칭과 창조물 대상에 관한 내용이 알려지면서 사람들에게 익숙한 설화가 되었다. 다만 설문대할망이라는 모티브가 생소하지 않고 가까이 다가온 느낌이 드나 막상 설문대할망에 대해 세세한 부분의 설명 자료가 미비한 것은 체계적인 논리싱이 부족하여 창작 작품으로까지 변이되는 현상이 나타나고 있다(그러나 창작물도 막연함이 아닌 그럴듯한 상황을 연출하고 있다. '옥황상제의 셋째 딸이 설문대할망이다.' 제주시 삼도동 소재 '각시당 본풀이와 유사함에서 나온 말.'과 '설문대할망은 언제 어디서 어떻게 태어났는지 모르는 여신이다.' 등이 얽혀 있다. 옥황상제의 공주에게도 여신이란 말을 붙일 수 있다).

설화는 신화, 전설, 민담을 아우르는 말이다.

신화는 신, 초경험, 국가, 인류, 집단, 탁월한 인물, 성공, 위대, 숭고로 출생을 중시여기며 신성시한다. 민족신화, 마을신화, 씨족신화 등이 포함된다.

설문대할망은 제주를 창조했다고 알려진 여신이다. 한라산과 오름, 섬, 바위 등 자연물을 생성했다 한다.

전설은 역사성을 가지며 산, 바위, 연못 등 자연물과 인물을 그리는데 증거성이 있다. 지역전설, 전국전설 등이 포함된다.

설문대할망은 빨래할 때 어떻게 했다는 상당히 꾸며진 이야기 같지만, 어찌 보면 그럴듯한 상황을 묘사하고 있다. 한라산 백록담과 산방산의 역학 관계도 백록담의 둘레와 산방산의 둘레가 비슷하고 깊이와 높이가 거의 같다는 증거성이 있다. 콧구멍동굴이 설문대할망의 발가락 흔적이며 백록담을 베개 삼았다는 등의 이치 설명과 큰 바위가 세개 서 있으면 솥발이라는 것 등은 전설로써 갖추어야 할 증거물로 본다면 설문대할망도 전설의 자격 요건도 갖추었다.

민담은 비한정성이며, 인간이 사는 어느 곳에두 생겨나나 증거물이 부족하다. 평범한 인물, 우연한 행운, 공개를 꺼리며 과정을 증시한다. 신성성이 없으며 특정 지역을 지칭하지 않는다.

설문대할망은 설문대하르방을 만나 오백 명의 아들을 낳았고 음부로 물고기를 잡으며 사슴이 동굴인 줄 알고 음부에 들어가니 간지러워 오줌을 누니 바다에 물줄기가 생기고 섬이 잘려져 나가 우도가 생겼다는 것 등 펑 튀겨진 민담의 형식을 취하기도 한다.

이처럼 설문대할망은 신화, 전설, 민담의 성격을 두루 갖춘 설화로 여성 신격의 존재 가치를 보인다.

옥황상제의 셋째 딸이 설문대할망이다. 한라산 꼭대기를 잘라내 백록담을 만든 건 설문대할망이다. 육지까지 다리를 놓아 주려다 만 것은 설문대할망이다. 물장오리에 빠져 죽었다든지 죽을 쑤다 죽었든지 화병에 걸려 죽든지 간에 신격화된 신화의 성격이 잠들어 있는 것 같아 설문대할망을 깨워 내 재조명할 필요성이 제기돼 작가들이 글 다듬고 고치기를 하는 데 기본자료 제공이라는 측면에서 이 책이 길라잡이가 되었으면 한다.

설문대할망은 창조 신화적 가치가 많은 비중을 차지하고 있어 다른 창조신화에 나타나지 않는 순수성이 있다. 오백 아들이 입는 옷을 등경돌에 비춰 꿰매며 아들들을 위해 죽을 쑤는 모성애를 나타내는 모습에서는 가냘픈 여성상이 그려지기도 한다. 그러기에 다른 신화의 절대적 권력이나 권위는 없지만, 창조여신으로서 지위를 공고히 갖고 있음도 부인 못 할 일이다.

장주근(한국신화의 민속학적 연구, 집문당, 1995)은 '제주도 여신고'편에 설문대할망을 산신일 수도 있다고 했다. 그러기에 설문대할망 이야기는 문헌 전승이 아닌 거인 문화로는 최고(가장 오래된)이다. 제주도(제주도지, 2006)에서도 설문대할망은 장사 전설로 의미상 분류하고 있다. 그러면서도 보통 인간과는 다른 존재로 신격화시킨 죽음을 형상화 시키고 있는데 이는 설문대할망이 전설로만 남아 있기에는 너무 방대하여 큰 이상을 담아내야 한다고 봐야 할 것이다.

설문대할망은 단순히 노파가 아닌 크다는 한과 생명의 근원인 어머니를 합성한 대모라는 뜻이다.

설문대할망은 중국신화의 주인공인 '반고'와 맥을 같이하는 여신이다. 반고는 무너진 하늘을 보수하고, 하늘 기둥을 재건한다는 등 신성한 권위를 지녔다는 내용이 문헌에 기록되어 전승된다.

또한, 설문대할망은 일본의 '부사야마'를 만들었다는 '다이다라보오시'와 오키나와의 거인 '아만츄우'와도 유사한 신격을 지녔다. 이자나미와도 연관 시킬 수 있는 여신의 공통점은 설화 속 인물인지 아니면 비슷한 인물이 있었는데 부풀려져 전승되는지 정확하게 확인 가능한 자료는 부족하나 창조성을 지녔다는 점은 공통점이라 할 수 있다.

설문대할망은 탐라 개국과 연계하여 새로운 설화로 탄생하고 있다는 점에 핵심이 있다.

마고할미와의 관계 설정은 어떡하나?

우리나라에서 전해오는 거녀설화는 천지와 자연을 창조한 여신과 관련되어 있다. '마고할미'와 '설문대할망'이 대표적인데 마고할미는 강화도, 해남, 지리산, 경남, 경북, 강원도 등에서 전승되고 있으며, 설문대할망은 제주도 전역에서 전승되고 있다. 마고할미나 설문대할망은 원초적 시공간에서 세상이 생겨나는 과정과 신화의 주요 구성 요소를 포함하고 있어 신화였을 가능성이 있다.

마고할미는 우리나라 천지개벽 신화의 또 다른 이야기이다. 제주도 창조신화인 '설문대할망'과 비슷한 성격으로 세상을 만들었다는 거대한 여신으로 전해진다. 마고할미가 하늘을 떠받치자 해와 달이 나타난다. 설문대할망은 옥황상제의 셋째딸이라는 의미가 있으며 장난삼아 갖고 놀던 흙은 산이 되고, 한라산을 만든다. 마고할미가 오줌을 싸면 강이 되지만 설문대할망은 우도를 만들어내는 장강수가 된다. 마고할미가 먹다 토해낸 오물들은 산과 산맥들이 된 데 비해 설문대할망의 누운 똥은 오름이 된다. 이렇게 마고할미에 의해 우리가 사는 이 세상이 창조되었다. 따라서 마고할미도 창조신화이다. 마고할미는 제주 창조신화인 '설문대할망'의 또 다른 이야기라 유추해 본다.

대부분 신화에서는 남신이 중심이 되나 여신인 마고할미의 창조 이야기는 새롭고 흥미롭다. 사람들은 마고할미라는 여신을 통해 어머니와 같이 세상을 따뜻하게 만들고 싶어 했다. 설문대할망도 같은 맥락이다. 다만 창조 규모 면에서 볼 때 설문대할망이 좀 더 크다. 예를 들어 설문대할망은 한라산을 만들었다는 것 하나만 봐도 마고할미와 비교하기는 좀 어려워 보인다. 마고할미는 한라산과 같은 큰 산은 만들지 못하였다.

설문대할망 설화를 연구한 자료에는 어떤 것이 있나?

고대경(신들의 고향, 도서출판 중명, 1997), 권태건(그리스·로마 신화(1), 창비, 1987), 권태건(그리스·로마 신화(2), 창비, 1987), 김두봉(제주도실기, 우당도서관)—39쪽, 김순이 글·한진이 옮김(『The Myths & Legends of Jeju Island』 제주도 신화 전설 1, 제주문화, 2001), 김순이(영웅으로서의 제주 여신들, 문화, 2001), 김순이(제주도 신화와 전설1, 제주문화, 2001), 김헌선 외(제주도 조상신본풀이 연구, 보고사, 2006), 송정화(한중 신화에 나타난 여신 비교), 오라동(오라동지, 2003), 이은상(탐라기행—한라산, 대학사, 1937)—337쪽, 임동권(선문대할망 설화고, 제주도(17), 1964), 장덕순(한국문학사, 동화문화사, 1975), 장덕순(한국문학의 연원과 현장, 집문당, 1986), 장주근(한국의 신화, 성문각, 1964), 장영주(민족전래동화 6, 아동문예, 1991), 장영주(민족전래동화 8, 아동문예, 1992), 장영주(민족전래동화 9, 아동문예, 1993), 장주근(풀어쓴 한국의 신화, 집문당, 2000), 제주교육박물관

(탐라지초본(상)-이원조, 2007), 제주도(제주도전설지, 1985), 제주도(제주도마애명, 제주동양문화연구소, 1999), 제주도(제주도지, 2006), 제주도(제주여성 전승문화, 2004), 제주도(제주여성문화, 2001), 제주도(제주의 민속(3), 1995), 제주도교육위원회(탐라문헌집 중 김상헌 편저 박용후 번역, 남사루, 1975)-83쪽, 제주도사 연구 제3집(1994)-163쪽, 제주도청 홈페이지, 제주문화원(역주 증보탐라지, 2005), 제주문화원(증보 탐라지, 2004), 제주사 연표(제주도-제주사정립사업추진위원회, 2005), 제주설화집성(1)(제주대학교 탐라문화연구소, 1985), 제주아동문학협회 자료, 진성기(남국의 설화), 진성기(남국의 전설, 일지사, 1968), 한국정신문화연구원(한국구비문학대계, 1980 · 1984), 현길언(설문대할망 전설의 이해, 제주돌문화공원), 현용준(제주도신화, 서문당, 1976), 현용준(제주도전설, 서문당, 1968)등이 있다(2006년 기준).

설문대할망 설화의 전승은 이러하다.

제주도에서 전승되고 있는 거신(녀) 창조신화 주인공은 설문대할망이다. 담수계편 『증보 탐라지』에는 '설만두고'라고 표기되어 있다. 설문대할망 신화는 제주를 탄생시킨 탄생의 신이자 제주 사람을 지켜주는 여신으로 존재하였다.

이수자(제주여성전승문화, 제주도, 제주 신화 속의 여성 신들 그 특징과 의미)에 의하면 제주도 당 본풀이에 나오는 여신들은 옥황의 딸로 상정된 예도 있고 용왕국의 딸들이거나 용왕 부인들로 상정된 예도 있다. 또한, 백주할망에게는 아들 열여덟, 딸 스물여덟, 손자 삼백칠십팔 명의 자손이 있다. 이런 내용을 설문대할망과 억지스럽지만 맞추어 본다면 옥황상제 딸, 오백 아들이라는 관계성을 유추할 수도 있다. 이는 제주 사람이 다산의 소망을 말하며 인간이 아닌 신만이 할 수 있는 능력을 소유한 것으로 확장되는 화소를 갖는다고 본다. 제주도 창조여신 설문대할망은 어머니의 신이기에 제주 사람의 다정다감을 인정하는 표상이라 했다. 그러기에 제주 사람들이 설문대할망의 속옷을 만드는 데 한마음 한뜻으로 동참하여 공동체 정신을 표현하였다고 볼 수 있다.

제주도(제주도지, 2006) '마누라 본풀이' 편에 따르면 옥황전 대왕의 따님으로 십오 세에 인간 억조창생 만민 자손들을 번성시키려고 삼진 정월 초사흗날 왼손에는 환생 꽃, 오른손에는 번성 꽃을 들고 인간 세상에 내려왔다고 한다. 옥황상제는 중국의 전설 중 최고의 권력자며 천궁의 화려한 궁중에서 살았다 한다. 옥황상제는 불교, 도교 및 각종 전설 속의 신을 거느리고 있다. 옥황상제의 유래는 천제 숭배에 기원한다.

신들은 죽지 않는다. 설문대할망은 죽는다. 그러나 설문대할망은 시간 속에서 죽은 것일 뿐 공간 속에선 잠들어 있다.

오랜 옛날, 바다 한가운데 섬이 생겨났다. 용암이 분출하여 흐르다 굳어져 바위, 동굴이 생기고 흙이 생겨 풀, 나무가 우거져 짐승이 살게 되면서 제주는 살아 있는 섬이 된다. 제주의 옛 이름 '탐라'는 '깊고 먼 바다의 섬나라'라는 뜻이다. 또한 '영주'는 중국의 신선설에서 비롯되었으며 한라산을 영주산이라고도 불렀다. 이 시기에 설문대할망이 등장한다.

◈ 설문대할망 일생

설문대할망은 인간의 삶과 관련이 많다.
① 옥황상제의 셋째 딸이다.
② 창조신으로(신녀) 삼성혈과 연계해 보면 그보다 먼저 탄생하였다.
③ 대별왕·별왕과 관련이 있다.
④ 철쭉꽃은 오백 아들의 피눈물이다.
⑤ 서자복에서 아들 낳기를 빌었다.

설문대할망은 한라산을 굽어볼 만큼 키가 컸다.
『탐라지초본』에 의하면 한라산은 세주 남쪽 20리에 있는 운한(雲漢)을 잡을 수 있다고 하여 붙인 이름이라 한다. 한라산은 높아서 하늘을 찌르고 산세가 대단하여 수백 리에 걸쳐 있으며 한라산에 이르는 길은 숲 그늘과 무성한 밀림을 지나고 밀림이 끝나는 곳에는 대나무와 향기로운 나무가 우거져 있다. 큰 바위를 휘돌아 좁은 길이 매우 험하나 그것을 휘어잡고 의지하거나 기어올라서 꼭대기에 올라 크게 소리 지르면 구름과 안개가 사방을 둘러싸며 음력 5월에도 눈이 쌓여서 음력 8월까지 남아 있으니 가죽옷을 껴입어야 한다. 춘분과 추분에는 노인성은 남쪽의 수평선 근처에서 매우 드물게 볼 수 있는 별로 원래는 붉은 별이 아닌데 지평선 방향의 두꺼운 대기층에 의해 푸른빛이 흡수되어 붉게 보인다. 예로부터 노인성이 인간의 수명을 관장한다고 믿었기 때문에 왕이 노인성을 향해 제사를 올리는 풍습이 있었다. 또한, 노인성이 보이는 해에는 나라가 평안해진다는 것을 믿었고 비치는 별빛이 샛별과 같아서 병시에(오전 10시 30분∽11시 30분) 나오고 정시에(12시 30분∽1시 30분) 들어간다고 표기되어 있다.

① 서 있을 때

한라산을 굽어보고 아무리 깊은 태평양도 물장구를 치며 노니는 곳이 되었다.

② 앉을 때

한라산을 깔고 앉아 한쪽 발은 산방산을 디디고 다른 발은 지귀도에 디뎠다(고군산에 걸터앉아 엉덩이를 비비니 고군산에 엉덩이 흔적이 남아 있다).

③ 빨래할 때

관탈섬에 빨래걸이를 걸쳐 놓고 우도를 팡돌(빨랫돌)로 삼아 한라산 꼭대기를 깔고 앉아 바닷물에 발로 문질러 밟으며 일출봉(성

산)에 빨랫감을 넣어 두었다가 꺼내 두럭산에 빨래를 걸쳐 놓아
물기를 뺐다.

오백 아들을 낳았다.

흉년이 든 어느 해 오백 형제는 돌아와서 죽을 먹다 뼈다귀를 발견
하고는 어머니가 죽은 걸 눈치챈다. 막내는 따로 떨어져 나가 돌이
되었고 나머지 형제들은 돌이(오백장군) 되어 한없이 울다가 피눈물
을 흘려 철쭉꽃을 피웠다.

① 오백장군

설문대할망이 낳은 아들들이다.

② 오백나한

탐라국 처녀가 중국에 후궁으로 들어가 알을 낳아 알에서 태어난
오백 아들이 한라산(영실)에 추출된 후궁(어머니)을 지키려 돌이
되었다. 오백나한은 옛날 존자의 터로 굴이 넓고 으리으리한 절
벽이 병풍 같이 둘러 있어 나한상 같다 하여 불가의 승려들이 지
어낸 이름이다. 제주가 불교를 숭상하던 시대의 기념물로 부처의
초기 화신들이다.

③ 장군석

차귀도 앞바다에 있다.

④ 외돌개

서귀포시 외돌개는 막내아들이 설문대할망을 지키려 바다로 나

가 장군 모습으로 서 있어 외적의 침입을 막았다.

⑤ 철쭉꽃

아들들이 흘린 피눈물이다.

꽤 어리광 같은 버릇을 가졌다.

① 잠버릇

한라산을 베개 삼고 한쪽 다리는 관탈섬에 걸쳤고 다른 쪽 다리
는 지귀도에 놓아 잠을 잤다. 잠버릇이 나빠 몸을 뒤틀기를 잘해
대정읍 앞바다의 마라도에 발을 걸쳐 놓아 잠을 잘 때도 있다.

② 흙장난

흙장난이 심해 매일 치마에 흙을 담아 옮겼다. 큰 산은 한라산이
되었고 구멍 뚫린 곳에서 흘러나온 흙은 오름이 되었다(삽을 가지
고 흙장난도 했다).

③ 물장난

물이 있는 곳이면 어디든 갔다. 태평양은 물장구치는 놀이터이다.

④ 키 자랑

키 큰 것을 자랑하기 위해 깊은 물마다 들어서서 자기의 키와 비
교해 보았다.

물을 좋아했다.

① 백록담

백록담을 만들다.

② 용연

이원조(탐라지초본)에 의하면 제주성 서쪽 2리에 한내가 있는데 그 아래 용소(용연)는 깊이는 알 수 없으나 길이는 100여 보쯤이며 가물어서 기우제를 지내면 효험이 있다고 한다. 용연은 제주시 한천 하류에 있는 연못을 말한다. 주변 풍경이 마치 병풍을 둘러친 모습과 같다 하여 취병담이라 부르기도 한다. 음력 7월 16일이 되면 이곳에 배를 띄워 풍류를 즐겼다. 이 연못에는 용이 살았다는 전설이 전해지고 있다. 이명준(탐라지초본)의 시를 보면 용연은 제주 서성 밖 3리에 있다. 좌우네 석벽이 있는데 물의 깊이는 알 수 없고 세속에 전하기를 신룡이 숨어있는 곳이라 한다. 취병담이라고도 하다.

③ 쇠소깍

무릎까지 찼다.

④ 홍리물(지장샘)

언제나 흘렀다(지장샘과 비슷한 설화가 표선면 토산리 거슨세미와 제주시 연평동의 행기물에도 보인다).

⑤ 장강수

『한국구비문학대계』(한국정신문화연구원, 1980)에 의하면 설문대할망이 가만히 앉아 있는데 사슴이 음부가 굴인 줄 알고 들어 와 간지러워 오줌 싸니 우도가 잘려나간 바다를 '장강수'라 한다.

⑥ 표선해수욕장

표선리 해안은 물이 깊어 파도가 치면 바닷물이 마을까지 들어오고, 해마다 아이들이 빠져 죽는 위험한 곳이었다. 설문대할망은 나무와 모래로 백사장을 만들어 주어 바닷물이 마을에 들어오는 것을 막아 주었다(백사장의 모래를 헤쳐 보면 굵은 나무들이 썩은 채로 깔린 것이 그 증거라고 한다).

⑦ 태평양

물장구치며 노는 곳이다.

제주도에는 산이란 이름을 오직 한라산에만 붙일 수 있다. 하지만 그 외에 다섯 군데 산이란 이름을 붙였는데 그는 한라산과 특별한 사연이 있어 산이란 이름을 붙이는 걸 허용했다.

① 한라산

설문대할망은 망망대해 가운데 있는 섬에 한라산을 만들기로 마음을 먹고 치마폭에 흙을 가득 퍼 나르기 시작했다. 한라산을 만들 때 구멍 뚫린 치마에서 흘러 내려 굳어져 오름이 되었다. 현평호 방언사전에는 오롬이라 표기되어 있다. 탐라지에는 악을 오롬이라 한다고 표기되어 있다(흙을 파서 삽으로 일곱 번 떠 던진 것이 한라산이 되었고 설문대할망이 신고 있던 나막신에서 떨어진 한 덩이의 흙이 오름이 되었다는 설화도 있다).

② 산방산

한라산 꼭대기가 하늘에 닿아 은하수를 만질 듯 높이 솟아올라 봉우리를 꺾어 던졌더니 떨어져 '산방산'이 되었다(빨래하려 한라산 꼭대기에 걸터앉으니 산꼭대기가 엉덩이를 찔러 화가 난 설문대할망은 꼭대기를 던져 버렸다. 이게 산방산이 되었다).

③ 두럭산

두럭산은 한라산과 서로 대칭이 된다. 한라산은 영산이라 장군이 난다고 하며, 두럭산에서는 이 장군이 탈 용마가 난다고 한다. 그래서 두럭산을 신성한 바위로 생각해서 그 가까이에서는 언동을 조심한다. 설문대할망이 빨래를 걸쳐 놓았던 곳이다.

④ 궁상망오름

오창명(제주도 오름과 마을 이름)에 의하면 수산리에 있는 표고 239m 오름으로 탐라지도와 삼 읍도 총지도, 제주삼읍전도에 의하면 궁대오름으로 국의 음이 마치 활 모양으로 늘어져 있는 데서 붙여진 것이라 하는데 옛 지도의 궁대악 표기를 재고하기엔 좀 더 연구가 필요해 보인다. 궁상망오름이란 궁둥이 모양을 나타낸다.

설문대할망이 수수범벅을 먹고 똥을 쌌는데 똥이 굳어 오름이 되었다(궁상오름 모양이 똥 모양이다). 활(궁) 모양이기도 하다.

⑤ 다랑쉬오름

구좌읍에 있는 다랑쉬오름은 산봉우리가 움푹하게 패여 있는데, 이것은 할머니가 흙을 집어 놓고 보니 너무 많아 보여 주먹으로 봉우리를 '탁' 쳐 버렸더니 움푹 팬 것이라 한다(세화리에 있는 표고 383m, 신증동국여지승람에 다랑쉬오름이라 적혀 있고 탐라지에도 다랑 쉬오름이라 적혀 있다. 진성기는 달처럼 산봉우리가 동글 다하여 다랑 이라 불린다 한다).

⑥ 성산일출봉(성산)

성산일출봉은 설문대할망이 백록담에 걸터앉아 빨래할 때 빨래 를 담았던 바구니다.

⑦ 고근산

설문대할망이 깔고 앉았다가 생긴 엉덩이 모양의 오름이다.

흙을 담아다 바다의 이곳저곳에 쌓았는데 주위에 있는 여러 섬이 되었다.

① 관탈섬

빨래할 때 발을 디뎠던 곳이다.

② 지귀도

잠을 잘 때 발을 걸쳐 놓는 곳이다.

③ 마라도

천연기념물 제423호, 2000년 7월 18일 지정, 대정읍 가파리 산 1 번지에 위치한다. 모슬포항에서 11km 떨어진 마라도는 우리나 라의 끝이자 시작점이라 할 수 있다. 섬에는 최남단을 알리는 기 념비가 세워져 있으며 해안을 따라 한 바퀴 도는데 걸어서 1시간

정도 걸린다. 기암, 해식 터널, 해식 동굴이 장관이다. 처녀당(할망당)과 마라도 등대, 마라분교도 한 번 둘러볼 만하다. 현재 마라분교는 폐교상태이나 그 흔적은 남아 있다. 설문대할망이 잠을 잘 때 발을 걸쳤던 곳이다.

④ 우도

설문대할망이 성산 일출봉과 식산봉에 다리를 걸쳐 떠오르는 일출을 감상하다 오줌을 누니 성산포 일부가 잘려나가 '우도'가 되었다.

⑤ 범섬

서귀포시 지명유래집(서귀포시, 1999)에 의하면 범섬은 그 모습이 호랑이처럼 생겼다 하여 범섬이라 불렸다. 서귀포시 법환동 산 1-1, 2와 산2, 산3번지로 대지 84.298㎡다. 1995년 제주도 지정 문화재 기념물 제46호로 지정되어 있다. 이곳은 탐라가 원나라 지배 100년 역사에서 마지막 격전지이며, 최영 장군이 묵호군을 섬멸한 것이 1374년이다. 오랜 옛날 사냥꾼의 실수로 옥황상제의 배를 건드리니 상제가 크게 노하여 한라산 봉우리를 뽑아 던질 때 생겨났다 한다. 서귀포항에서 남서쪽으로 5km 해상에 있는 범섬은 멀리서 바라보면 큰 호랑이가 웅크리고 앉은 모습과 같아 붙여진 이름이다. 또는 범이 잠을 자는 모습이라 하여 붙여진 이름이기도 하다.

⑥ 섶섬

서귀포시에서 남서쪽으로 3km쯤 떨어져 있는 섶섬은 상록수 및

180여 종의 각종 희귀식물이 기암괴석과 어울려 울창한 숲을 이루는 무인도이다. 면적 142㎡, 서귀포시 보목동 산 1번지에 있다. 우리나라에서는 오직 섶섬에서만 볼 수 있다는 일명 넓고사리인 파초일엽은 천연기념물 제18호로 지정 보호되고 있다. 산방산이 사계리로 던져질 때 조각이 떨어져 나와 생겼다고도 한다.

돌 장난을 자주 하였다.

① 신촌리 암석 발자국

설문대할망이 다리를 놓으려 큰 돌을 옮기다 바닥에 있는 넓은 바위에 발자국이 생겼다.

② 모슬포 바위 줄기

육지로 다리를 놓다 만 자국이다. 모슬포 앞바다에 있는 바다로 뻗친 바위 줄기가 바로 그 흔적이다.

③ 콧구멍동굴

보목리 섶섬에 커다란 구멍이 두 개 뚫려 있는데, 이것은 이 설문대할망이 몸부림치다 발을 잘못 뻗어 생긴 것이다.

④ 고래콧구멍동굴

우도에 있다(동굴 음악회가 열린다).

⑤ 설문대할망 족두리

제주시 오라동 고지교 위쪽에 큰 구멍이 팬 바위가 있는데, 이것은 할머니가 썼던 모자라 한다.

⑥ 등경돌

성산 일출봉에는 많은 기암이 있는데 그중에 바위에 큰 바위를 얹어 놓은 듯한 기암이 있다. 설문대할망이 길쌈을 할 때 접싯불(또는 솜불)을 켰던 등잔이다. 이 바위를 등경돌이라 한다. 바느질할 때 썼다. 별장바위란 전설도 있다.

⑦ 솥덕바위(삼족정뢰)

애월읍 곽지리에 솥덕(돌 따위로 솥전이 걸리도록 놓는 것) 모양으로 바위 세 개가 설문대할망이 세웠다는 솟바리를 이룸이다(송당목장에도 있다).

⑧ 엉장메코지

설문대할망에게 주려던 속옷이 완성되지 못해 다리를 만들다 그만둔 돌다리 흔적을 '엉장메코지'라 한다.

⑨ 섭지코지

섭지코지에서 설문대하르방과 고기를 잡았다.

⑩ 추자도코지

추자도 바다에 흘러 뻗어간 바위 줄기로 설문대할망이 완도로 돌다리를 놓다 말았다 한다.

⑪ 듬돌

애월읍 청년들에 따르면 애월리에 설문대할망이 들었다는 듬돌이 있다.

물장오리, 죽솥에 빠져 죽었다.

① 창조 실패로 화병에 걸림

　　설문대할망은 제주도를 통치하려는 큰 뜻을 품고 있었는데 어느
날 갑자기 땅속에서 세 귀인이 나와 삼읍을 다스리자 뜻을 이루
지 못함을 안타깝게 생각하다 물에 빠져 죽을 생각을 한다.

② 물장오리에 빠져 죽음

　　설문대할망은 물이 깊다는 소문이 나 있는 물에는 모두 들어가
봤다. 섬 안에 있는 모든 물의 깊이를 재고 한라산에 있는 물장오
리 물을 재려고 들어갔다가 그만 물에 빠져 죽었다가 나중에 살
아 나왔다.

③ 죽 솥에 빠져 죽음

　　5백 명의 아들을 낳아, 아들들을 먹이려고 큰 솥에 죽을 끓이다
가 잘못해서 빠져 죽었다.

◈ **설문대할망의 부활**

　　기존 자료와 채록본, 장영주의 설문대할망 관련 책자(18권), 기타 문
헌을 통해 설문대할망과 관련이 있는 모든 자료를 총망라하여 설문대
할망 창조신화를 새롭게 태어나게(부활) 정립하였다. 이 작업은 빨리
진행돼야 할 것이다. 그래야 본질이 호도될 수 있는 원천을 방지하는

것이다. 다만 설문대할망 창조신화가 정립되면 그다음부터는 창작자의 의도에 따라 변형될 수도 있을 것이다.

해서 설문대할망 부활 편에 나오는 대화체에 제주어 전문가의 조언으로 제주어 한두 단어를 붙임으로써 제주의 맛을 살리고자 했다.

설문대할망 창조신화는 제주도를 만들었다는 데서 출발한다. 이는 여러 가지 형태로 나타나며 제주도 전역에 퍼져 있어 그 핵심이 흐트러진 면도 있다. 그러나 구전에 구전을 거듭하면서 신성시되어 제주 사람들에게 정신적으로 어떤 영향을 준 것만은 사실이라 본다.

제주를 창조한 설문대할망은 신으로서 새로운 생명체를 잉태하고 탄생시키는 생산적 능력을 기반으로 하여 생성된다. 보편적으로 어머니에게는 자손이 행복하기를 바라는 마음이 있다. 그러기에 설문대할망은 사람들의 불편함을 없애려 다리를 놓아 주며 등잔불에 불을 밝혀 바느질한다.

제주 사람들은 누구나 설문대할망을 사랑하고 동경하며 신비로움의 소유자임을 믿고 싶어 한다. 어느 민족, 어느 신화도 설문대할망처럼 지역 사람들 모두가 힘을 모아 옷을 만들어 주겠다는 의지를 나타내지 않는다(다만 강제적 동원을 통해 힘을 모은 예는 있다).

제주 사람들은 설문대할망 이야기를 들으며 살아왔다. 포근한 어머니의 품을 연상하며 살았다. 설문대할망의 억척스러움을 배웠다. 파도와 싸우고 바람을 이기고 척박한 땅을 일구는 생활의 지혜를 터득했다.

설문대할망이 제주 사람들의 소원을 들어줄 완도와 제주를 잇는 해저터널을 만들 구상을 하고 있다. 물론 선거철이 되면 정치인들은 제주와 육지를 잇는 다리를 놓겠다는 공약을 내놓은 경우가 많았지만 그건 실현 가능성이 없는 일로 드러났으나 최근에 논의되는 해저터널은 실현 가능성이 전혀 없지는 않아 보인다(환경 문제가 해결된다면).

이제 잠들어 있는 설문대할망을 깨워(부활) 그 전체를 스토리텔링으로 조명하려 한다.

설문대할망
설화

옥황상제 셋째딸

여신이라 불리는 할망이 있었지요.

사람들은 어디서 왔는지 어떻게 태어났는지 아무도 모른다고 합니다.

다만 창조신이기에 신의 딸이라는 막연한 추측을 할 뿐이지요.

오랜 옛날, 천상 세계엔 천궁이 있고 천궁에는 옥황상제가 살았지요.

"에구, 웬 배가 그리 볼록ㅎ게 튀어 나왔단 말인고?"

옥황상제는 부끄러워 얼굴을 들 수 없었지요.

황비가 느지막이 세 번째 아기를 가졌는데 글쎄 배가 함박스테이크만큼 튀어 나왔지 뭐예요?

"황공하오나 이는 보통 일이 아니우다."

신하들은 옥황상제의 비위를 맞추느라 별의별 아양을 다 떨었지요.

"으앙."

아기 우는 소리에 천상 세계 천궁이 벼락 맞은 듯 흔들렸지요.

"에구, 또 똘이구나."

옥황상제는 한편으로는 섭섭함을 금치 못했거든요.

왜냐고요?

이젠 공주만 셋이거든요.

속으론 왕자가 태어나길 은근히 기대했거든요.

그래야 권좌를 물려줄 게 아니겠어요?

참, 세상에 천상의 세계에도 옛날엔 남아 선호 사상이 있었던가?

공주는 언니 공주들과 잘 어울려 놀았답니다.

옥황상제의 말도 잘 들었고요.

궁녀들에게 먹을 것을 나눠 주며 황비에게도 효성이 지극했답니다.

그러나 워낙 호기심 많고 활달한 성격이라 천상 세계에서의 생활이 무료하고 갑갑했지요.

차츰 세월이 흐르자 공주의 몸은 거대해지고 옥황상제의 명을 받드는 게 병이 날 지경이었어요.

천상의 세계엔 옥황상제가 최고였지요.

누구도 옥황상제를 거스른 신하가 없었을 뿐만 아니라 감히 그럴 엄두도 낼 수 없었기에 공주는 뭐라 말을 하고 싶이도 참고 삼아 마음속으로만 끙끙 앓았던 게지요.

그러던 어느 날 공주는 문득 이상한 생각을 했답니다.

'천하의 세계는 어떵 생겨실까?'

바깥세상이 궁금했던 게지요.

큰일이었어요.

공주는 천상의 세계에선 누구든 꿈도 꾸지 못할 천하 세계를 동경하고 있었으니까요.

"쯧쯧, 저놈이 몸뚱아리 보라게."

옥황상제는 공주가 나날이 커지는 몸통을 보고 걱정 반, 꾸중 반으로 나무랐지요.

공주는 언니 공주들과는 딴 판이었어요.

몸집이 얼마나 컸던지 천궁의 침실을 몽땅 차지하고도 부족하여 늘 골칫덩어리였다니깐요.

옥황상제는 깊은 시름에 빠졌지요.

'어떵허나? 천궁을 한나 더 짓어사 허나?'

옥황상제는 이리저리 돌아다니며 이 생각 저 생각을 하다 딱 걸음을 멈추었지요.

"ㄱ만시라 보게, 저디는?"

옥황상제는 나지막이 소리쳤어요.

천하의 세계를 내려다보다 넓은 곳을 발견했거든요.

'옳거니, 저 정도면…. 저딜 보내사허켜.'

옥황상제는 말썽 많은 공주를 이 핑계 저 핑계를 대 천하의 세계로 보내기로 마음먹었지요.

딱 이심전심이랄까?

옥황상제는 내쫓을 생각을 하고 공주는 내쫓겨 나갈 궁리를 하니 그렇게 궁합이 잘 맞더라니까요.

"천하의 세계에서 살도록 ᄒ라."

옥황상제의 명이 공주에게는 그렇게 좋을 수가 없더라니까요.

공주는 호기심 많고 우락부락한 성격에 거대한 몸집과 힘을 지녔으나 하는 일이 없이 심심하던 차에 잘된 일이지요.

공주는 옥황상제의 명을 급히 받드는 바람에 속옷도 입을 겨를 없이 치마에 흙을 한 아름 담고 오곡 씨앗이며 우마를 챙기고는 천하 세계로 내려오게 되었답니다.

"이런, 영 급급히민 이떵허고?"

공주가 내려온 천하 세계는 하늘과 땅이 맞붙어 있어 답답하기 그지없었지요.

"에라. 트멍을 멩글어야지."

공주는 땅과 하늘을 맞잡고 힘을 썼지요.

"영차."

공주는 한 손으로는 하늘을 떠받들고 다른 한 손으로는 땅을 짓누르며 힘차게 일어섰지요.

그러자 맞붙었던 곳이 두 쪽으로 벌어지면서 하늘과 땅이 만들어졌지요.

이를 천상 세계에서 내려다보던 옥황상제는 안심이 되기도 했지만 남모르는 고민을 했었거든요.

'어쩔거나, 저 여린 공주가 어찌 혼자 살꼬?'

다섯 손가락 깨물어 안 아픈 손가락 하나도 없다잖아요.

그게 자식 사랑입니다.

천상의 세계든 천하의 세계든….

"이제부터랑 그디를 다스리거라."

옥황상제는 천상 세계에서 다시 명을 했어요.

"네 이름은 설문대할망이니라."

이름도 붙여 주었지요.

설문대할망은 천상 세계에서 가져온 흙을 무엇에 쓸지 고민하였지요.

　설문대할망이 마땅한 곳을 찾느라 오랫동안 헤매 다니다 남쪽 바다 한곳을 찾아냈지요.

　"옳거니, 요디가 좋으켜."

　설문대할망이 옳다구나 하며 흙은 타원 모양으로 내려놓았지요.

　그게 바로 '탐라'랍니다.

　참, 탐라는 '영주' '한라' '제주'를 일컫는 말과 같은 뜻으로 쓰이거든요.

대별왕과 소별왕

옥황상제는 세 번째 공주를 천하의 세계로 내려보내고 마음을 졸이고 있지요.

아무리 힘센 설문대할망이라도 혼자 망망대해 한복판에 쓸쓸히 지내는 걸 보는 옥황상제,

천상의 세계에 있을 땐 몸집이 너무 커 구박을 했지만 그래도 사랑하는 셋째 딸인데….

"기여, 기여. 잘허염저."

옥황상제는 천하 세계를 내려다보며 고개를 끄덕였지요.

원래 천하의 세계는 천지 구분이 없었는데 설문대할망이 하늘과 땅을 갈라놓으니 하늘에는 하늘 신이 생겨나고 땅에는 땅 신이 생겨 사람도 생겼구요.

하늘, 땅, 인간이 생기며 닭들이 울자 사방의 문이 열리고 하늘에는 별들이 생겨났지요.

하늘에 별이 생겨났지만, 사람들은 어두워서 살기 어려웠지요.

별은 너무 멀리 떠 있고 빛도 잘 내지 못했으니까요.

옥황상제도 걱정이었어요.
어두운 길을 가다 넘어져 공주가 다치잖아요.

이때 천상의 세계 수문장은 옥황상제의 맘을 읽고 있었지요.
'날이 어두우난 살아가는 데 막 불편헐 거 닮다. 세상을 밝게 해 주면 되겠군.'
천상의 세계 수문장은 하늘에서 제일 큰 별 두 개를 떼어 밝은 빛을 내는 해 두 개를, 그리고 제일 작은 별 두 개를 떼어내 희미한 빛을 내는 달 두 개를 만들어 하늘에 달아 놓았지요.

하늘과 땅이 구분되었으나 이상하게도 하늘에는 해도 둘, 달도 둘이었어요.

낮에는 해가 매일같이 훤한 빛을 내니 더웠고 밤에는 달이 매일 같이 차거운 빛을 내니 추웠지요.

"아이고 더운 게."
"아이고 추운 게."

사람들의 아우성이 천상의 세계까지 들렸어요.

설문대할망도 구슬땀을 흘리며 헉헉거렸고요.

사람들은 낮에는 뜨거워서 타 죽고, 밤에는 추워서 얼어 죽게 되자 하늘의 신은 천하의 세계에 내려왔지요.

천하의 세계에 내려온 하늘의 신은 착한 부인을 만나 쌍둥이 아들을 낳았는데 형은 대별왕이고 아우는 소별왕이지요.

"대별왕님, 해 ᄒ나 없애 줍서."

"소별왕님, 달 ᄒ나 없애 줍서."

사람들의 아우성에 대별왕과 소별왕은 하늘의 신이 심어놓은 박 줄기를 타고 하늘에 올라가 아버지로부터 활을 받아, 형인 대별왕은 두 개의 해 중 앞에 있는 것은 남기고 뒤에 있는 것을 쏘아 '샛별'을 만들었지요.

샛별은 우리나라에서 예로부터 금성을 일컫는데요, 지구에서 볼 때 8개의 행성 중 가장 밝게 빛나며 어슴푸레 어둠이 밀려오는 서쪽 하늘에서 혹은 새벽 동이 트기 전 동쪽 하늘에서 밝은 빛의 별이 거든요.

동생인 소별왕은 두 개의 달 중 앞에 있는 것은 남기고 뒤에 있는 것을 쏘아 '노인성'을 만들었지요.

노인성은 무병장수의 별로 일컫는데요, 카노푸스입니다.

이별은 제주도 남쪽 바다에서만 볼 수 있는 별인데요, 지구와는 310광년 멀리 있다 하네요. 서귀포 삼매봉 정상에서가 가장 잘 보이고요, 이 별이 밝게 빛나면 그해에는 국가에는 병란이 사라지고 그 별을 본 사람은 무병장수한다는 설화가 내려오고 있답니다.

한 번쯤 구경 가세요.

참, 노인성은 아무 때나 보이는 게 아니구요, 완전히 이른 새벽, 완전히 늦은 밤에 일 년에 날씨가 좋아야 몇 번 보이니 전문가의 도움이 필요하거든요.

진서의 『천문지』에,

「노인성이라는 별은 호성의 남쪽에 있는데, 일명 남극성이라고 한다. 평상시 추분 아침에는 병방(27분)에 나타났다가, 춘분 무렵 저녁에 정방(33분)으로 사라지는데, 노인성이 나타나면 세상이 태평하게 다스려진다고 하므로, 사람의 수명과 국운 융창을 주관한다고 하며, 평상시 추분에 남쪽에서 보게 된다.」

이렇게 되어 이 세상은 해와 달이 각각 하나씩만 남게 되니, 사람들도 기뻐하고 설문대할망도 한시름 놓게 되었답니다.

키 자랑

어느 날 한라산을 보니 설문대할망 허리 아래로 낮게 보이는 게 아니겠어요?

"이 세상에 나보다 지레 큰 사람 나와 보라."
설문대할망이 큰소리쳤지만 아무도 나서는 사람이 없었답니다.
왜냐구요? 아무리 키 큰 사람도 설문대할망에게는 어림도 없었으니까요.
이렇듯 설문대할망은 한라산쯤은 배꼽 아래에 있었다니 그 크기가 어마어마했겠죠?

산방산 중턱 동굴은 설문대할망이 꼼지락거리다 보니 생겨났는데,
설문대할망은 한쪽 발은 차귀도에 딛고 한쪽 발은 산방산을 디디고 놀았지요.

설문대할망은 산방산을 발가락으로 꼼지락거렸어요.
그러다 보니 '산방굴사'가 생겨났지요.
산방굴사에는 '산방덕이'라는 여신이 살았답니다.

오백장군

한라산 서남쪽 허리에 '영실'이 있지요.

매우 가파른 낭떠러지고 높은 괴석들이 죽 벌여서 있어서 절벽 모양이 장군(將軍) 같다 하여 '오백장군' 즉 오백 명의 아들들을 이룸이거든요.

영실은 성지로 알려졌으며 자식을 위해 자기를 희생하는 위대한 모성 신이 있다고 전해온답니다.

아득한 옛날이었지요.

제주에는 한 여신이 살았지요.

얼마나 큰 여신이었는지 아는 사람은 아무도 없었어요.

다만 한라산을 베개 삼아 잠을 잤고 속옷을 만드는데 일백 동(한 동은 오십 필)의 무명이 들었다니 몸집이 컸을 것이라는 짐작만 할 뿐이지요.

설문대할망은 설문대하르방과 혼인하여 1년이 지나자 아기를 자그마치 오백 명이나 낳았어요.

오백 명의 아들들은 나날이 성장했지요.

세월이 흐르며 식구는 많아지고 땅은 거칠어서 설문대할망은 늘 허기지며 살았어요.

태풍이 들이닥친 해는 더욱 배고픔에 허덕이며 살아야 했지요.

나무뿌리를 캐 먹고 풀을 뜯어 먹었지만, 소용이 없었답니다.

오백 아들들도 어느새 설문대할망처럼 기골이 장대하고 우락부락한 청년으로 자랐고 식량도 더 많이 필요하게 되었지요.

그러던 어느 해, 흉년이 들었어요.

그 어느 해 보다고 아주 지독한 흉년이었지요.

설문대할망 가족들은 모두 대식가들이라 끼니를 이어가는 것이 걱정이었지요.

"어디 강 양식을 구해 오너라. 오늘 저녁 죽을 끌령 먹으민 ᄒ나도 안 남은다. 경허난 뭐라도 ᄒ짐 짊어정 와사 ᄒ다."

아들들은 양식을 구하러 뿔뿔이 헤어졌어요.

설문대할망은 아들들이 모두 떠난 후 죽을 끓일 준비를 하였지요.

오백 명의 아들이 먹어야 할 죽을 끓일 솥이니 그 크기가 대단했지요.

설문대할망은 아름드리나무로 불을 피웠어요.

죽이 펄펄 끓어 고소한 냄새가 뱃속을 왔다 갔다 하며 군침을 돌게 했지만, 꼭 참았어요.

사랑스러운 아들들이 돌아와야 먹을 참이었지요.

설문대할망은 큰 가마솥 솥전 위를 걸어 돌아다니며 죽을 저었지요.

죽을 쑤느라 땀을 뻘뻘 흘리며 온 힘을 다 쏟았어요.

흉년이 들어 먹지 못하여 기운이 하나도 없는 탓에 눈앞이 아른거리기도 했지요.

"아차."

설문대할망은 그만 발을 헛디뎌 펄펄 끓는 가마솥 속으로 빠지고 말았어요.

한참 시간이 지나 석양이 질 무렵 아들들이 돌아왔지요.

"야, 죽이다."

아들들은 배가 고팠지만, 어머니가 먹을 죽을 떠서 놔두고 맏형부터 먹기 시작했지요.

장유유서란 말이 있듯 차례를 지켰어요.

"거참 오늘 죽은 어떵허난 이추룩 맛이 좋지?"

맏형이 말했어요.

"배가 고프난 경ᄒ염실거여."

둘째 형이 말했고요.

온종일 양식을 구하러 돌아다녀 배고프고 지친 아들들은 눈에 보이는 게 없었지요.

셋째부터는 말을 할 여유도 없이 먹는데 만 정신이 팔렸지요.

맨 마지막 차례가 되었어요.

막내아들이 가마솥 바닥에 조금 남은 죽을 뜨려고 휘젓다가 국자에 뭔가가 걸리는 감을 느꼈지요.

다시 잘 저으며 살펴보니 사람의 뼈였어요.

막내는 설문대할망을 찾았어요.

그러고 보니 설문대할망이 보이지 않았어요.

막내는 배고픔도 잊고 솥을 뒤집어 보니, 설문대할망이 죽 속에 빠져 뼈만 남고 죽은 사실을 알았어요.

"성님덜, 어떵헌 일이우꽈?, 어멍 육신을 먹다니…."

막내는 부르르 떨면서 형들을 바라보았어요.

499형제들도 이 황당한 사실 앞에 할 말을 잊고 망연히 서 있을 뿐이었지요.

막내는 통탄하며 집을 뛰쳐나갔어요.

"어멍 솔을 먹은 성님덜광은 같이 못 잇이쿠다."

막내는 혼자 한경면 고산리 앞바다에 있는 차귀도로 떠나 버렸지요.

막내는 한라산을 향해 오래 서 있었어요.

비가 오나 눈이 오나 한 발자국도 움직이지 않았지요.

어머니에 대한 불효를 용서받기 위함이었지요.

때는 중국의 한나라 시대였지요.

막내가 돌이 되었다는 소식을 들은 형들은 어머니가 빠져 죽은 죽을 먹은 불효를 뉘우치며 고개를 숙였어요.

"어멍을 편하게 해 드리자."

형들은 모두 어머니를 향해 어깨동무했지요.

한라산에서 불어오는 세찬 바람을 막았지요.

그렇게 오래오래 서 있다 돌이 되었지요.

어느 해, 풍수지리에 능한 풍수사가 오름에 올라갔어요.

"허허!"

풍수사는 고개를 끄덕였지요.

"이 자리야말로 명당이다. 헌데 저게 기를 막암신게."

풍수사는 차귀도 앞바다에 있는 막내를 가리킨 것이지요.

사람들은 그 돌을 도끼로 찍어 쓰러뜨리려 했어요.

아무리 힘센 장사가 도끼로 내리쳐도 꿈쩍하지 않았지요.

"기이한 일이여. 돌이 피를 흘렴신게."

사람들은 다시는 돌에 손을 대지 않았지요.

그 후 오랜 세월이 흘렀지요.

원나라가 탐라국으로 쳐들어 왔지요.

차귀도 앞바다에 있던 막내 장군은 서귀포시 앞바다에 이르러 장군이 되어 원군을 물리치고 그 자리에 굳어 외돌개가 되었답니다.

오백나한

김치의 유산기(탐라지에는 유한라산기로 수록됨)에 의하면,

존자암(영실에 있는 암자)에 이르러 보니 높은 곳은 안개와 구름이고 얕은 아래는 푸른 바다를 압도하니 실로 평생 꿈에도 오지 못할 곳을 왔으니 운수가 좋다고 하였다나요.

갑자기 천둥처럼 성난 바람 소리가 사나워 산악을 흔드니 마음을 가라앉혀 묵묵히 기도하니 구름이 걷히고 바람이 잔잔하여 둘러보니 존자암 옛터 주변에 천길 푸른 절벽이 둘러 있어 마치 병풍처럼 우뚝 서 있고,

위로는 괴석이 마치 나한(羅漢)처럼 5백여 개의 모습이 드러난 절벽 모양이 나한(羅漢) 같아 '오백나한'이라 부른답니다.

기이한 암석이 걸터앉아 있는 모습, 쭈그려 앉아 있는 모습이 마치 사람 모습처럼 보이는데요.

사람의 눈으로 보면 사람이요, 짐승의 눈으로 보면 짐승이기에 나한이란 이름은 이렇게 해서 생긴 것이랍니다.

중국 진시황 시절에 '고종달'이란 풍수사가 있었지요.

풍수사란 산이나 물의 흐름을 보고 좋고 나쁨을 점치는 점쟁이지요.

중국 진시황의 황비가 죽었지요.

왕은 후궁을 구하기 위해 신하들을 사방에 풀어 미인을 구하라 했지요.

신하들은 여러 곳에서 미인을 골라 바쳤지만, 왕은 고개를 내저었지요.

"멀리 이실 거여."

신하들은 미인을 찾아 탐라까지 왔지요.

탐라에서 천하일색 미인을 찾아 왕에게 데리고 갔더니 왕이 기뻐서 어쩔 줄을 몰라 했지요.

후궁이 된 미인은 얼마 뒤 태기가 있더니 열 달 만에 커다란 알 다섯 개를 낳았지요.

알이 점점 커지고 깨지면서 알 하나에 백 명씩 장군 오백이 튀어나왔어요.

오백장군은 날마다 전쟁놀이를 했지요.

진시황은 귀찮아졌지요.

그뿐만 아니라 차츰 위협을 느꼈지요.

오백장군들은 뛰어나 그 장군들 때문에 나라가 망할 것 같아 걱정했지요.

진시황은 고종달을 불러 물어보았지요.

"탐라에 잇인 장군 혈의 정기로 영헌 장군이 태어낫수다. 장군들이 나중에 한나라를 다스리게 될 것이우다."

고종달의 말에 진시황은 얼굴이 붉으락푸르락하더니 화를 냈어요.

"안 되메. 중국의 왕은 나 혼자라야 돼. 누가 감히 대장군이 되어 나를 위협헌댄 말이냐?"

중국 왕은 고종달을 탐라국에 보내 대장군이 혈기를 끊어라 명했지요.

탐라국에 온 고종달은 종달리에서 출발하여 제주도를 한 바퀴를 돌며 혈기를 대부분 끊었지요.

어느 곳에 다다른 고종달은 '꼬부랑나무 밑의 행기물'을 찾다 찾다 못 찾아 지도를 찢어 버렸는데, 그때 고종달이 혈을 끊지 못한 서홍동 '지장샘물'은 생생하게 흘러나오고 있다고 전해 오지요.

고종달은 이제 모든 일을 다 했다고 생각하여 중국으로 돌아가려 했지요.

배를 타고 차귀도에 다다랐을 때였지요.

"저놈을 살령 보내민 안 되메."

이를 본 광양당신은 고종달이 중국으로 가지 못하게 배를 부숴 물에 빠트려 죽게 하였지요.

중국 왕은 고종달이 죽었다는 소문을 듣고 화가 나 황비와 오백 아들들을 탐라국으로 내쫓아 버렸답니다.

탐라국에 돌아온 황비와 오백 아들들은 한라산에서 살았지요.

"아멩헤도 ᄆᆞ심이 안 노염신게."

중국 왕은 황비가 살아 있는 한 마음을 놓을 수가 없었지요.

"군사덜을 동원헹 황비를 없애 불라."

중국 군사들이 탐라국에 들어와 한라산 영실에 있는 황비를 죽이려 하자 오백 명의 아들들은 영실에서 중국 군사들을 물리쳤답니다.

그 후 황비가 죽자 오백 아들들은 승려 모양의 돌이 되어 황비의 영혼을 지키려 빙 둘러 서 있답니다.

오백나한은 한나라 시대 설화와 관련 있으며 오백나한 명호(五百羅漢 名號)는 석가여래가 열반한 후 미륵불이 중생을 구제하기 위해 오실 때까지 이 세상의 불법을 수호하도록 수기 받은 분들을 가리키며 응공 또는 응진으로 번역된다네요.

장군바위

오백장군의 핵심은 맨 마지막이라,

오백 번째 아들이 죽을 먹으려다 자식들을 위해 희생한 어머니의 뼈를 보고 죄의식을 갖는데,

이는 설문대할망은 어머니상이요, 막내아들은 효자상으로 길이 후손에 전해질 스토리니라.

옛날 바굼지오름에서 묏자리를 보게 된 지관은 혀를 찼지요.

바굼지오름이 명당자리인데 차귀섬 앞 장군바위가 기를 막고 있었기 때문이지요.

"안 됏저이. 저 돌만 엇이문 천하일품인데."

지관의 말에 상주는 좋은 묏자리가 된다면 못할 일이 없다 하여 차귀섬으로 건너가 도끼로 장군바위를 찍었지요.

"세상에…."

상주가 도끼로 찍은 자리에서 피가 쏟아지는 게 아니겠어요?

이런 일이 있고 난 뒤 장군바위는 사람들에게 무서운 존재가 되었지요.

어느 날, 고종달이 중국으로 되돌아가는 중 차귀섬 앞을 지날 때였어요.

"네 이놈, 감히 우리 땅에서 몹쓸 짓을 하다니…."

날쌘 매 한 마리가 날아오더니 이네 폭풍을 불러일으켜서 고종달이 탄 배를 장군바위에 부딪치게 했어요.

이는 한라산 산신이 큰 매로 변하여 고종달이 타고 있는 배를 가라앉히고 죽였다 하여(그 섬으로 돌아가는 길을 차단했다고 하여) '차귀도'라 부르게 되었답니다.

외돌개장군석

　외돌개는 약 150만 년 전 화산이 폭발하여 용암이 흘러내리다 바다 한가운데에 굳어져 생겼는데,

　외돌개는 설문대할망의 막내아들로 차기도 앞바다에서 도끼로 허리가 잘린 후 아픔을 이기지 못해 한라산 영실로 돌아가려다 서귀포시 앞바다에 멈춰 서 있다고 전해온답니다.

　오랜 옛날, 고려에서 중국 명나라에 제주마를 보내기 위해 말을 징집하는 일이 자주 행해지자 이에 반발하여 원나라 목자들이 목호(牧胡)의 난을 일으켰지요.

　조정에서는 최영 장군으로 하여금 이들을 토벌하게 하였어요.

　목호들은 서귀포 앞바다 범섬에서 최영 장군과 싸움을 벌였지요.

　원군의 잔류인 목호(목마장을 관리하는 몽골인) 세력은 힘이 강했답니다.

　"우리 군사덜 기십이 하영 저하되엇저. 이대로는 싸움에 질 게 분명하다."

　최영 장군은 먼 바라를 바라보며 많은 생각을 하였지요.

　'어? 저건?'

최영 장군은 지는 해를 등지고 늠름하게 혼자 서 있는 돌을 발견하였지요.

외돌개였지요.

'옳거니.'

최영 장군이 외돌개를 장수로 변장시켰더니 범섬에 숨어 있던 목호군이 이를 보고 겁에 질려 모두 자결하게 되었답니다.

이로써 1374년(공민왕 23년) 최영 장군이 원나라 목호군을 서귀포 앞바다 범섬 전투에서 궤멸시키면서 탐라는 100년간의 긴 수렁에서 벗어나게 되었지요.

철쭉꽃

한라산 영실 산등성이 진달래밭(철쭉밭)을 지날 때는 조심조심해야 한답니다.

왜냐구요?

사람들이 웅성거리는 소리를 조금 크게 냈다가는 앞을 분간할 수 없게 안개가 길을 막곤 하기 때문이지요.

그건 설문대할망이 편히 잠든 걸 깨우는 것으로 생각한 오백 아들들이 화를 내는 것이거든요.

오랜 옛날이었어요.

설문대할망은 오백 명의 아들을 데리고 살기가 매우 힘이 들었지요.

바람은 눈조차 뜰 수 없을 정도로 휘몰아치고 흉년은 한 해 건너 찾아오고….

그나마 아들들은 모두 씩씩하고 건강하여 사람들이 오백장군이라 부를 만큼 듬직하였기에 망정이지….

오백 아들들은 형제간에 정도 많고 설문대할망을 모시는 효심도 지극해서 행복한 나날을 보냈으니까요.

'에구, 자식이 많은 것이 상팔자인지, 원. 아들들에게 배불리 밥 한 끼 먹여 보지도 못했으니….'

설문대할망은 오백 아들의 식사를 마련하다 죽솥에 빠져 죽고 이를
눈치챈 아들들은 속죄하는 양 영실을 빙둘러 서 있지요.

그 후 바람이 불고 천둥이 치면 돌이 된 아들들은 설문대할망의 영
혼을 달래는 눈물을 흘리는데,
오백 아들이 흘린 눈물은 피가 묻어 나와 빨간 꽃을 피웠지요.

사람들은 그 꽃을 철쭉꽃이라 부르게 되었구요.

버릇

설문대할망의 버릇은 남달랐답니다.

돌 장난으로 공기놀이라든지 듬돌들기라든지 조각조각 유인도 무인도를 수없이 만들고, 치마에 흙을 담아 옮기면 큰 산은 한라산이 되었고 구멍 뚫린 곳에서 흘러나온 흙은 오름이 되었지요.

"첨벙첨벙, 에잇."
잠결에 섬에 발길질하면 동굴이 생기며 구멍이 뚫릴 정도였으니까요.

설문대할망은 '용연' '홍리물' '쇠소깍' '두럭산' '섭지코지' '원앙폭포' '천제연' '백록담' '물장오리' '고지교 물통'을 찾아다니며 키 재기도 하고 다이빙도 하고 빨래도 하고 세수도 해 보았지요.

제주시 용담동에 있는 용소(용연)가 깊다는 말을 듣고 들어가 보니 물이 발등에 닿았고, 서귀포시 동홍동에 있는 홍리물이 깊다 해서 들어가 보니 종아리까지 닿았고요, 쇠소깍은 무릎까지 닿았다니 그 물

깊이를 가늠할 수 있겠죠?

그러다 어느 날 물장오리에 들어가 숨을 참는 연습을 하는데,

예? 숨을 참으면 죽지 않으냐고요?

설문대할망이 물장오리에 빠져 죽었다는 소문에 사람들이 가 봤는데 죽은 줄 알았던 설문대할망은 그동안 물속에서 숨을 참았다지 뭐예요?

"설문대할망님, 어떵 안허우꽈?"

사람들은 걱정이 되었지요.

"뭐 이만썩헌 걸 가정…. 느데덜도 혼 번씩 해 보라이."

설문대할망은 아무렇지도 않게 대답했지요.

"어디 나도 혼번 해 보카?"

사람들은 물장오리에 얼굴을 담고 숨을 쉬지 않는 연습을 해 보았지요.

남자들은 곧 얼굴을 물속에서 뺐지만, 여자들은 오랫동안 물속에 얼굴을 담가도 아무렇지도 않았답니다.

그 후 여자들은 설문대할망이 숨 쉬지 않고 물에서 오래 버티는 기술을 터득하여 해녀가 되었답니다.

가뭄이 든 어느 날,

설문대할망은 어디 가서 키 자랑을 할까 두리번거렸지요.

'용연에나 가 보카?'

설문대할망이 용연에서 물장구를 칠 때 어디선가 사람들의 웅성거리는 소리가 들렸지요.
"저디 잇저. 저디서 기우제를 지내민 비가 온댄 허염수다."
사람들은 용언으로 몰려들었지요.

면 옛날 사람의 힘으론 어쩔 수 없는 무서운 가뭄이 들었지요.
가뭄은 7년이나 이어져 밭은 갈라지고 농작물과 산천초목은 모두 말라 죽어 갔지요.
그러나 사람이 할 수 있는 일이란 하늘만 쳐다보는 것뿐이었지요.

그 무렵 이상한 소문이 났어요.
어떤 사람이 기우제를 올리면 비가 온다는 것이었지요.
소문은 사또의 귀에도 들어갔어요.
사또는 기분이 별로 좋지 않았거든요.
사또가 여러 번 기우제를 지냈는데 비는 내리지 않았으니 말이어요.
"믿기 어려운 일이주만 다른 방도가 없지 않으냐? 여봐라, 그 사름을 이레 데령 오라."

사또는 백성들의 아우성을 모른 척해선 안 된다고 생각했지요.
"느가 기우제를 올리문 비가 온댄 헌 게 사실이주이?"

"예, 저. 그게…."

관가에 불려온 사람은 말을 더듬거렸지요.

그도 그럴 것이 어느 날 술에 취해 지나가는 사람에게 농담으로 "내가 기우제를 올려야 비가 온다."라고 한 말이 고을에 퍼지게 되었으니까요.

"당장 기우제를 올리도록 하라."

사또는 한시가 급했지요.

"이보게 고대정이 자네 제정신인가? 어떵허난 경헌 말을 허영…."

헛소문이란 걸 아는 동네 사람들은 걱정했지만 이미 엎질러진 물이었어요.

고대정은 죽더라도 기우제나 올려보는 게 원이 없을 듯싶어 사또에게 부탁했지요.

"제물이나 잘 출려 줍서."

사또는 제물이 문제가 아니었지요.

비, 오직 비만 오게 한다면 큰 상을 내릴 양으로 고대정에게 사정했지요.

"이보게 자네만 믿으켜. 백성덜 목숨이 사네신디 달려 이시난 명심 흐게."

청천하늘에 날벼락 떨어지는 소리보다 더 무서운 사또의 말이었지요.

'할 수 없지 않은가? 올 때까지 ㅎ여보게.'

고대정은 내로라하는 점쟁이를 불렀지요.

용하다는 무당도 불렀어요.

점쟁이에게 점이라도 쳐 봐야 기우제를 올릴 곳은 고를 것이요, 무당에게 부탁해 기우제 축문이라도 그럴듯하게 외워야겠다는 생각에서였지요.

고대정은 7일 동안 밤낮으로 기우제를 올렸지요.

그래도 하늘은 꿈쩍도 하지 않고 햇볕은 더 강하게 내리쬐었어요.

"천상천하의 신이시여. 비를 내려주옵소서. 이내 목숨 살려 줍서."

사또와 약속한 마지막 날,

동쪽 멀리 사라봉 꼭대기로부터 먹구름이 솟구쳤지요.

괴상한 소리가 들렸어요.

온 세상이 어둠에 싸였지요.

"휙."

물에 꼬리를 담그고 있던 짚 용이 하늘로 솟구쳤어요.

"우르릉, 쾅쾅."

비가 내리기 시작했어요.

"비다, 비야."

사람들의 고함이 한꺼번에 터져왔어요.

그 후 용이 물을 몰고 하늘로 올라갔다 하여 '용연'이라 불리고 가뭄이 들면 기우제를 지내는 곳이 되었답니다.

"히히, 고작 발등까지밖에 물이 안 차신게."

설문대할망은 기우제로 물이 찬 용연에 발을 담그다 먼 곳을 보니 쇠소깍이 보이잖아요.

설문대할망이 쇠소깍에 다다라 보니 막 땅이 흔들리고 처녀 우는 소리가 진동하잖아요.

"거참, 무슨 사연이 있기에 저리 슬피 우는고?"

설문대할망은 처녀가 소리 내어 우는 곳으로 발길을 돌린 후 되돌아와 쇠소깍에 '풍덩' 뛰어들었어요.

"어이쿠, 이딘 꽤 지픈 디여."

쇠소깍은 설문대할망의 무릎까지 물이 차올랐다네요.

설문대할망은 요즘 죽을 맛이랍니다.

나른한 봄이 되었거든요.

"뭐 신나는 일이 엇인가?"

흙장난, 돌멩이 장난, 공깃돌 놀이, 물 깊이 재기, 사냥하기, 물고기 잡기 등등 해 봐도 영 심심한가 봐요.

한라산을 베개 삼아 드러누워 태평양에 발을 담그고 물장구를 쳐 봐도, 돌멩이를 부숴 섬을 만들어 봐도, 손가락으로 땅을 찍어 동굴을 만들어 봐도 성에 차게 재미있지 않았지요.

오랜 옛날이었어요.

중국 진시황은 만리장성을 쌓아도 마음이 놓이지 않았지요. 지리서를 보니 탐라에 왕이 태어날 혈을 가졌다는 것이지요.

"당장 탐라로 느려 강 혈을 그차 불라."

고종달은 황제의 명을 받고 탐라에 내려와 종달리로부터 혈을 끊어 가다 서홍리에 다다랐지요.

"흠, 이디구나게."

마침 농부가 밭일을 끝내고 장기를 내려놔 쉬고 있었지요.

이때 다급히 노인이 찾아와 소매에서 물병을 꺼내더니 "장기 아래 숨겨 주시오."라고 말하고는 사라져 버리지요.

고종달은 농부에게 다가갔지요.

"꼬부랑나무 아래 행기물이 어디 이신고양?"

농부는 시치미를 떼고 모른 척했지요.

고종달은 지리서가 틀렸나 싶어 그 자리를 뜨자 노인이 나타나 물병을 찾아 부으니 샘물이 다시 살아났답니다.

그 후 사람들은 그곳을 '지장샘'이라 부르는데 고종달이 갖고 있던 지리서가 얼마나 정확했느냐면 노인이 물을 숨긴 그곳까지 자세히 기록해 두었던 것이랍니다.

지장샘은 꼬부랑나무 아래 행기물이란 장기 아래 물병이란 뜻이거든요.

"설문대할망님, 도와줍서."

마을 사람들은 설문대할망을 찾아갔지요.

"큰일낫수다. 우리 동네 아이덜이 막 죽엄수다."

"아이덜이 죽어? 왜?"

"말도 맙서. 눈으로 베려보민 물이 무릎까지밖에 차지 안허는디 갑자기 옴팍헌디 들어가문 아이덜이 나오질 못헹 죽엄수다."

사람들은 아이들이 물에 빠져 죽고 어떤 땐 바닷물이 마을까지 들어오니 살 수가 없었지요.

"나가 바로 잡아주켜."

설문대할망은 한라산에서 커다란 나무를 뿌리째 뽑아 오더니 바닷물이 마을로 들어오는 길목을 막는 게 아니겠어요?

그 후 바닷물은 마을로 들어오지 않았고 물에 빠져 죽는 아이들도 사라졌답니다.

참, 한 가지 주의! 그렇다고 너무 안심하지 마세요.

표선해수욕장 모래에서 뿜어 나오는 물은 사람을 끌어당기는 이상한 힘이 있답니다.

그런 곳에서는 조심하세요.

지금은 돌을 쌓아 위험하지 않다고 하너군요.

한라산

천연기념물 제182호, 1970년 국립공원으로 지정되어 사시사철 제각기 멋을 뽐내는 한라산 꼭대기에 있는 백록담은 자연이 인간에게 내린 최고의 선물로 세계자연문화유산에 등재되었는데,

예전에 정상에서 정기적으로 올리던 산신제는 없어지고, 전염병이 돌거나 가뭄이 드는 등 특별한 때에만 산천단에서 비정기적으로 산신제를 지내다 조선 후기 제주목사 이형상이 무속신앙과 관련한 당과 제단을 없앨 때 산신제도 올리지 못하게 하다가 지금은 산천단에서 옛 상황을 재현하는 제를 올린다고 하네요.

오랜 옛날,

하늘도 없고 땅도 없고 해도 없고 달고 없고 나무도 없고 짐승도 없는 무아지경의 천하 세계가 있었지요.

그 세계에 천상 세계의 공주 설문대할망이 옥황상제의 미움을 사 내려왔지요.

설문대할망은 키도 크고 힘도 세었으나 늘 혼자였지요.

그냥 흙을 손바닥으로 '탁탁' 치는 게 낙이었지요.

"에구 심심해."

사람들은 설문대할망 근처에는 얼씬도 하지 않았지요.

설문대할망이 기침이라도 하는 날이면 바람에 날려 온데간데없이 사라지니 겁이 난 것이지요.

같이 놀아줄 사람이 없으니 하는 일이란 어린애처럼 돌멩이 장난, 흙장난이 고작이었지요.

'에잉.'

설문대할망은 흙 한 줌을 바다에 던졌어요.

그건 섬이 되었지요.

'퉤퉤.'

흙을 주물러 세워 놓으면 산이 되었고요.

손가락으로 땅을 뚫으면 굴이 되었지요.

발로 땅을 밟으면 웅덩이가 생겨 못이 되었고 오줌을 누면 계곡이 생겼지요.

하루는 설문대할망이 큰 산을 만들어 보겠다는 생각을 하였어요.

천상의 세계와 가장 가까이 가게 높게 만들려는데,

치마에 흙을 담고 걸음을 옮기는데 그만 뚫린 치마 구멍으로 흙이 새어 나왔어요.

한 걸음 한 걸음 움직일 때미디 흙이 띨어셔 삭은 산이 수없이 생겼지요.

'이쯤이면 가운데인가?'

설문대할망은 동서남북을 살펴 눈짐작으로 섬의 가운데라 여긴 곳에 치마의 흙을 몽땅 부어 놓았지요.

그게 바로 '한라산'이랍니다.

한라산은 천상의 세계와 가장 가깝고 은하수에 닿을 만큼 높다 하지요.

그러니 우리나라(남한)에서 제일 높은 산이 됐나 봐요.

산방산

산방산은 사계리 북동쪽 표고 395m의 오름으로 신증동국여지승람
에 산방산이라 표기되어 있는데,

산방산은 산에 있는 방이란 뜻으로 산허리에 큰 바위굴을 '산방굴
사'라 하며 천연기념물 제182-5호로 지정되었지요.

천장 암반에서 떨어지는 물방울은 산방산 여신인 '산방덕이'가 흘
리는 슬픈 사랑의 눈물이라 전해온답니다.

"에이, 조금만 게…."

설문대할망은 화가 단단히 난 게지요.

좀 쉬려 한라산 꼭대기에 앉는 순간 뾰족한 산봉우리가 엉덩이를
찔렀으니까요.

설문대할망은 산꼭대기를 '확' 뽑아 사계리 앞바다로 '휙' 던져 버렸
답니다.

"쿵."

산봉우리는 사계리 앞바다 한 뼘 못 미쳐 떨어지고 따뜻한 봄볕에

머리를 바다에 담그고 잠을 자던 용은 그만 허겁지겁 깨어났지요.

"에쿠, 내 허리."

산봉우리에 눌린 용은 그만 돌이 되고 말았지요.

사람들은 그 돌을 '용머리'라 부른답니다.

오랜 세월이 흘렀지요.

설문대할망이 뽑아 던져 생긴 '산방산' 가운데 산방굴사 속은 맑은 물이 고이고 찬 서리가 불어도 따뜻함이 가시지 않았지요.

물론 땡볕 속에서도 시원함도 한결같았고요.

그 속에 '산방덕이' 전설이 전해 온답니다.

두럭산

바윗덩이를 왜 산이란 이름을 붙였을까요?

예전에 산을 오름, 매, 봉, 악이라 표현해 왔는데,

한라산은 신성시되어 감히 오름이라 불리지 않았고 오름인데 산인 척하는 것이 다섯 개 있다는데,

설문대할망은 천상의 세계에서 천하의 세계로 내려올 때 흙을 가지고 와 섬 가운데 한라산을 만들고 나머지는 오름을 만들었는데 유독 '산'이란 이름을 붙인 오름이 다섯 개나 있답니다.

그 첫째가 성산에 있는 청산(성산)이요, 둘째는 성읍에 있는 영주산이며, 셋째는 화순에 있는 산방산이고, 넷째는 모슬포에 있는 송악산이요, 마지막 다섯째가 김녕에 있는 두럭산이지요.

그런데 다른 오름(산)들에 비해 두럭산은 산이라 할 만한 것이 못된답니다.

초라한 바닷가에 있는 조그만 바위이기 때문이지요.

그런데도 이깃을 산이라 부르는 데는 그만한 이유가 있답니다.

오랜 옛날이지요.

설문대할망이 한라산을 만들고 나니 뭔가 빠진 듯 한 기분을 느꼈지요.

"남쪽이 잇이문 북쪽이 싯고, 하늘이 잇이문 땅이 잇인 법인디 한라산은 그냥 가운디 시난 영 섭섭함을 금치 못허켜."

이렇게 생각한 설문대할망은 한라산과 마주치는 곳에 산 하나를 만들기로 했지요.

"ᄀ만시라 보게. 어디쯤이 좋으코?"

설문대할망은 이리저리 눈짐작으로 한라산과 대(對)가 되는 곳을 찾았답니다.

"옳거니. 이디가 좋으켜."

설문대할망은 김녕리 바닷가에서 흙을 주물럭거리더니 바위 하나를 세웠지요.

"이젠 한라산의 운이 이디까지 닿을 거야."

'두럭산'을 만든 설문대할망은 만족해하며 고개를 끄덕였지요.

그 후 한라산의 운이 두럭산에 닿으면 장군이 난다는 소문이 돌게 되었지요.

그래서 두럭산을 신성한 바위로 생각해서 가까이에서는 언동을 조심하였다고 한답니다.

두럭산은 여느 바닷가에서 흔히 볼 수 있는 조그마한 바위인데요.

그럼 이 조그만 바위를 '산'이라 부르는 이유는 뭘까요?

예로부터 전해져오는 전설 때문인데요.

바람이 세고 돌이 많은 척박한 환경 속에서도 끈질긴 생명력을 보인 제주 사람들은 언젠가 신(神)들의 고향 '한라산'의 정기를 이어받은 장군(將軍)이 태어나 자신들을 이끌 것이라는 희망을 품고 살았지요.

이 장군이 태어난다며 분명 그에 걸맞은 용마(龍馬)도 세상에 모습을 드러낼 것이라는 믿음이 김녕리 바닷가 조그마한 바위 두럭산에 서려 있다고 하거든요.

언제인가 한 해녀가 두럭산 근처에서 물질하다 큰소리를 지르자 갑자기 날이 어두워지면서 풍랑이 일어 마을이 큰 봉변을 당했다고 전해져 오기도 한답니다.

그러니 지금도 해녀들은 이곳 가까이에서 물질을 하며 말과 행동을 조심한다고 합니다.

유별난오름

설문대할망의 식성은 대단했지요.

식성이 좋은 만큼 똥도 한 번에 오름만큼이나 쌌다지요.

"우리 집 쇠 베려집디가?"

사람들은 오름에 풀어 놓았던 소를 잃어버려 찾으러 갔다가 설문대할망이 싸 놓은 똥에 빠지는 일이 허다했지요.

어떤 땐 죽기도 했답니다.

"에프, 내음살."

사람들은 어느 것이 진짜 오름인지 구분할 수가 없어 불평이 많았지요.

"우리가 방도를 찾아보주양."

사람들은 설문대할망을 찾아갔지요.

"설문대할망님, 똥을 눌 때 한꺼번에 혼 밧디 누지 말앙 호꼼썩 누낭 요라 밧더레 누민 안 되쿠광?"

설문대할망은 난감했지요.

똥을 눌 때는 한꺼번에 싸야 시원할 텐데 여러 번 나눠서 여러 군데에 싸라니 말이 되나요?

결국, 설문대할망은 사람들의 부탁을 들어주기로 하였지요.

오랜 세월이 흘러 설문대할망이 싼 똥은 굳어져 동산이 되었고요.

그중 제일 큰 동산은 '궁상망오름'이 되었답니다.

그래서 '궁상망오름'은 똥 모양이지요.

"무신 ᄌᆞ미난 일 어신가?"

설문대할망은 이리저리 살펴보다가 오름 한 개를 보고 중얼거렸지요.

"이것저것 모양이 같으난 재미가 엇인게."

설문대할망은 오름이 꽤 높다고 생각하여 오름의 꼭대기를 주먹으로 '탁' 치고 말았지요.

"그래, 이제야 쓸 만하군."

설문대할망은 허허 웃었답니다.

성산일출봉과 다랑쉬오름이 그래서 움푹 파인 거래요.

섬섬섬

유인도와 무인도로 나누는데 추자도, 연평도, 마라도, 가파도, 비양
도에는 사람이 살거든요.

설문대할망은 빨래하였지요.
"이놈들, 기가 허했나? 무사 이추룩 뚬을 흘렴신고?"
설문대할망은 오백 명이나 되는 아들들의 옷을 빨려니 여간 힘든
게 아니었지요.

빨래를 끝낸 설문대할망은 곤히 잠이 들었지요.
잠결에 발을 뻗쳤는데 그 힘이 얼마나 셌던지 태평양 물줄기가 하
늘로 솟았다네요.

설문대할망은 뾰족한 섬에 발을 걸치고 잠을 자려니 영 성가신 게
아니거든요.
그래서 두리번거리다가 어느 섬에 발을 올려놓으니 그렇게 편할 수
가 없었어요.
"잘 잣저."

설문대할망은 기지개를 켜며 눈을 떠보니 평평한 초지대 위에 발이 놓여 있는 게 아니겠어요?

"옳거니, 이추룩 좋은 디를 무사 몰라신고?"

그게 마라도요, 가파도며, 지귀섬이랍니다.
마라도와 가파도 지귀섬은 다른 섬과는 달리 평평하답니다.

설문대할망은 이후 빨래할 때 '고근산'을 깔고 앉아 오른쪽 다리는 서귀포 앞바다 '지귀도'에 디디고, 왼쪽 다리는 '마라도'에 디디고 그 가운데 빨래판처럼 생긴 '두럭산'에서 빨래하고 뾰족 나온 '관탈섬' 꼭대기를 빨랫줄 걸이 삼아 빨래를 말리니 그렇게 좋을 수가 없더라니까요.

그래서 고근산 꼭대기는 엉덩이 모양이랍니다.
설문대할망이 앉았던 자국인 셈이죠.
참, 설문대할망이 '응아'할 때 휴지 대신 고근산 꼭대기 잔디에 문질렀기에 생긴 음팍 파인 자국이라고도 전해 오지요.

설문대할망은 잠버릇이 고약했지요.
꿈에 설문대하르방이 나타나는 게 아니겠어요?
'이놈의 하르방이.'
설문대할망은 혼자 쓸쓸히 지내고 있는데 그나마 남편이라고 몸과 마음을 다 바쳐 도와줬는데 '씩'하니 한번 웃고는 간다만다 말없이 홀

쩍 가출한지라.

설문대할망 잠결에 보기 싫은 설문대하르방을 향해 발길질해대는데,

아뿔싸, 그 힘이 얼마나 셌던지 '범섬'에 발가락 두 개가 들어가 빼내 보니 동굴이 생겼다나요?

"와! 눈부셔!"

설문대할망은 성산일출봉에 다리를 걸쳐 떠오르는 일출을 감상하고 있었지요.

저 멀리 동쪽 바다에서 둥근 해가 반쯤 얼굴을 내밀었지요.

"에구, 오줌 마려워."

설문대할망은 밤새 한잠도 못 자고 이제나저제나 해가 뜨길 기다리며 오줌을 참고 또 참고 있었지요.

"가만? 누게 엇인가?"

설문대할망은 주위를 두리번거리다 성산일출봉에서 한쪽 다리를 오조리 식산봉에 걸치고 앉은 채로 오줌을 싸버렸지요.

"아이고 시원해."

설문대할망은 시원했는지 해가 중천에 떠오르니 자리를 떠났지요.

아니? 겐디 이게 어떵헌 일이우꽈?

설문대할망이 오줌 줄기 힘이 얼마나 세었던지 땅이 끊기며 센 물

줄기가 생긴 게 아니겠어요?

그래서 성산포의 한 귀퉁이가 떨어져 나가 섬이 생겼답니다.

사람들은 그 섬을 '소섬'이라 부르지요.

그것뿐이 아니랍니다.

소섬과 성산포 사이의 물결은 다른 곳보다 엄청나게 세었지요.

그곳을 '장강수'라 불린답니다.

옛날 한 사냥꾼이 한라산으로 사냥을 나갔지요.

"옳거니."

사냥꾼은 하얀 사슴이 백록담 물을 먹는 걸 보고 활을 쏘았지요.

그 순간 사슴은 온데간데없이 사라지고 어디서 큰 소리가 들렸지요.

"네 이놈, 감히 내 엉덩이를 쏘다니."

사냥꾼이 쏜 화살은 엉뚱하게도 옥황상제의 엉덩이를 맞쳤고 화가 난 옥황상제는 도망치는 사냥꾼을 향해 한라산 꼭대기를 뽑아 던졌지요.

이때 조그만 돌이 쪼개져 바다에 떨어졌는데 그게 '범섬'과 '섶섬'이 되었답니다.

어느 봄날이었지요.

포근한 날씨에 설문대할망은 몸이 나른하였나 봐요.

'ᄀ만시라. 기왕에 심심헌디 섬이나 멩글아 불카?'

설문대할망은 큼직한 돌멩이를 손바닥에 올려놓고 '탁'치니 수십 개의 작은 돌멩이가 생겨 나는 게지요.

"좋았어."

설문대할망은 작은 돌멩이들을 바다로 '휙' 던지니 무인도가 많이 만들어졌다나요?

백록담을 만들다

전설에 의하면 뭇 신선이 이 연못에서 흰 사슴에게 물을 먹게 하였으니 이런 이름을 붙였다 하네요.

백록담 근방에 조개껍질이 있구요.

물장오리 근방엔 전복 껍데기가 있는데요.

이는 예전에 한라산이 물속에 있다가 용암이 분출하며 땅 밖으로 솟아 나온 것임을 짐작케 하거든요.

틋, 한라산 꼭대기에 움푹 팬 그곳에 물이 고인 것을 '백록담'이라 하거든요.

설문대할망은 갑자기 고향이 그리워졌나 봐요.

"천상 세계에 계신 부모님은 잘 계시는지…."

설문대할망은 옥황상제와 황비, 두 언니를 생각하며 쓸쓸함을 달랬지요.

'한라산을 조금만 더 높게 만들 걸…. 그랬으면 천상의 세계에 닿았을 텐데….'

한라산은 높았으나 천상 세계에는 닿지 못했거든요.

설문대할망은 이 생각 저 생각을 하다 한라산 꼭대기에 덥석 앉았지요.
"어이쿠."
한라산 꼭대기가 설문대할망의 엉덩이를 '쿡' 찔렀지요.
"에이."
그렇지 않아도 마음이 뒤숭숭하던 참에 화가 난 설문대할망은 한라산 꼭대기를 '확' 잡아 '휙' 던져 버렸지요.

그러자 한라산은 움푹 패 웅덩이가 생기고 꼭대기는 내 팽겨져 산방산이 되었지요.

세월이 흐른 다음 설문대할망은 기분 좋게 산길을 걷고 있었어요.
산속에는 온갖 새들과 짐승이 울창한 나무 사이를 뛰놀고 신선들도 사슴을 타고 물웅덩이에서 놀고 있는 걸 보며,
"백록담이라 부르지 뭐."
설문대할망은 한라산 봉우리를 뽑은 자리에 물이 고인 연못의 이름을 '백록담'이라 붙였지요.

백록담에는 맑은 물이 언제나 고였고 천상 세계에서 종종 선녀들이 내려와 목욕했답니다.

"공주님 고마워요."

설문대할망이 천상의 세계에 있을 때 친하게 지냈던 선녀들은 천상 세계 소식을 전해 주었지요.

어느 날이었지요.

사냥꾼 한 사람이 한라산에 사슴이 많다는 소문을 듣고 그곳으로 사냥을 떠났지요.

마침내 사슴들이 커다란 뿔들을 휘저으며 백록담에 나타나기 시작 하였지요.

사슴 떼를 바라보던 사냥꾼은 그만 입을 딱 벌렸어요.

글쎄 무슨 사슴이 그렇게 많은지 백록담에는 사슴으로 가득 찼다니 까요.

사냥꾼은 사슴이 너무나 많아서 어느 놈부터 쏘아야 할지 알 수가 없었지요.

"사슴이 저추룩 하영 잇인디 눈 금앙 쏘아도 아무 놈이나 맞아 쓰러 지지 않으리."

사냥꾼은 중얼거리며 사슴이 모여 있는 곳을 향하여 화살을 힘껏 날렸지요.

그런데 사냥꾼이 활을 쏘자마사 그렇게도 많던 사슴들이 한 마리도 보이지 않고 어디로인가 사라지고 말았지요.

'어떤 일인가?'

사냥꾼은 영문을 몰라서 멍하니 바라보고만 있었지요.

그러자 갑자기 하늘이 캄캄해지더니 번갯불이 번쩍였어요.

"콰르릉 꽝!"

사냥꾼은 그만 질겁하여 바위에 머리를 구겨 박았어요.

"못된 짓을 하는 게 어떤 놈이냐?"

설문대할망이었어요.

설문대할망은 사냥꾼들이 백록담에 와서 사슴을 사냥하는 걸 용서하지 않았답니다.

코지를 만들다

코지란 육지에서 바닷쪽으로 길쭉이 뻗은 바위줄기를 이룸인데요,

"설문대할망님, 너무 혬수다."

"뭣엔 허염시?"

"우린 사름 아니우꽈? 무사 조천에만 다리 놔 주젠 혬수과?"

모슬포 사람들이 설문대할망을 찾아와 항의했지요.

"모슬포에도 다리 놔 줍서."

사람들의 원성에 설문대할망은 그러겠노라 대답은 했지요.

"이런 낭패가 있나? 조천에선 소중기라도 만들어 준다 했건만…."

설문대할망은 이런저런 생각을 하다 그래도 다리를 놓는 시늉은 해야겠다고 생각하여 돌다리를 놓다 한라산으로 들어가 버렸지요.

그 후 모슬포에도 육지를 향해 돌다리를 놓던 자리가 조그맣게 남아 있답니다.

지금까지 남아 있는 돌다리 흔적 중 가장 선명하게 남아 있는 곳이 엉장메코지인데요,

육지와 연결하는 다리를 놓지 못했지만, 조천리에 있는 엉장메코지는 설문대할망이 놓아 주려 했던 다리의 흔적이며, 신촌리 바다 암석에 있는 큰 발자국은 설문대할망이 엉장메코지를 만들 때 찍힌 자취라 전해온답니다.

설문대할망은 요즘 무척 외모에 신경을 쓰기 시작했지요. 설문대하르방을 만난 다음부터랍니다.

"에구, 시집도 안 갓인디 양지에 주름이…."

설문대할망은 한라산 백록담 물에 얼굴을 비춰 보며 투덜거렸지요.

"치메는 고망 똘라지고…."

설문대할망은 구멍 뚫린 치마의 묻은 흙을 털어 내기 위해 치마를 잡고 머리 위로 올렸다 내리기를 하다 에구머니나 백록담에 비친 설문대할망의 허벅지는 무통이며 거기다가 속옷은 안 입었잖아요.

"이런 창피, 설문대하르방은 몰람실 거여."

설문대할망은 지금까지 속옷을 안 입고 다닌 걸 이제야 눈치챘다니까요.

설문대할망은 속옷이 아쉬웠지요.

사람들이 설문대할망을 찾아왔어요.

"설문대할망님, 지난번 우리 아방 육지가젠 허당 보름 불언 못 갓

수게."

"말 맙서. 우리 아들 육지 가당 바당에 빠졍 죽엇수다."

사람들은 설문대할망을 붙잡고 애원하였지요.

"제발 육지 가는 다리 ㅎ나 놔 줍서."

사람들은 배로 육지에 가려니 물에 빠져 죽기도 하고 험한 파도를 가르며 뭍 나들이에 지쳐있었지요.

"못헐 거 엇저. 경허주."

설문대할망은 육지 가는 다리를 놓아 주겠다고 약속했지요.

"조건이 ㅎ나 잇저. 나신디 소중기(살마다) ㅎ나 멩글아 주게."

설문대할망은 속으로 잘 됐다 싶었지요.

"경협주. 게무로사 살마다 ㅎ나 못 멩글앙 안냅니까?"

이리하여 설문대할망과 사람들은 누가 빨리 약속을 지키느냐 내기를 하게 되었지요.

사람들은 설문대할망이 입을 속옷을 만들려 명주를 모으고 설문대할망은 다리를 만들려 돌을 모았지요.

사람들은 속옷을 만드는데 설문대할망과의 약속 날짜가 다가왔지요.

"큰일이다. 명주 혼 동이 부족한 게."

사람들은 설문대할망과의 약속을 지키지 못하게 되었지요.

"헐 수 엇저. ㅣ도 그만두켜."

설문대할망은 육지 가는 다리를 놓다 그만두었지요.

사람들은 그곳을 '엉장메코지'라 부른답니다.

성산포 바닷가에 기암괴석이 형형색색으로 바다에 돌출한 곳으로 고기가 많이 잡히는 곳에,

해안절벽과 선바위(전설이 있는 곳)는 장관이거든요.

SBS 인기연속극 '올인'의 촬영지가 '섭지코지'지요.

먼 옛날 선녀들이 목욕하러 섭지코지에 내려왔지요.

"어떵허난 정도 곱닥허코?"

선녀들이 목욕하는 걸 훔쳐보던 용왕의 막내아들은 한눈에 반해 버렸지요.

"선녀광 결혼허구정 허우다."

막내아들은 용왕에게 졸랐지요.

"100일 후 생각해 보마."

용왕은 100일 동안 기다리라 했지요.

100일째 되던 날 파도가 치고 바람이 심하게 불어 선녀들은 하늘에서 내려오지 못했지요.

"느 정성이 부족허난 어떵허지 못허켜."

용왕은 선녀와 혼인하지 말 것을 명하였답니다.

막내아들은 너무나 슬픈 나머지 섭지코지에 선 채로 바위가 되고 말았지요.

"쯔쯔, 선녀와 인연이면 나한테 말해야지."

설문대할망도 아쉬워했지요.

설문대할망이 천상의 세계에 있을 때 선녀들과는 친하게 지냈던 사

이였으니까요.

　설문대할망은 설문대하르방이 어디 있나 기웃거렸지요.

　안 보면 보고 싶고 만나면 할 말이 없는 사이였지만 그래도 서로가
마음만은 통했지요.

　설문대할망은 오늘따라 멀리 떠나고 싶었지요.

　"어디, 어디 보자."

　설문대할망은 탐라와 육지 사이를 바라보다 어느 섬을 발견하였
지요.

　"에구, 이런 미련한 놈."

　설문대할망은 가슴을 '콩콩' 쳤지요.

　탐라와 완도를 잇는 돌다리는 조천이나 모슬포는 어림없었지요.

　근데 추자도에서 완도는 한쪽 팔정도로 가까우니 훨씬 쉬운 일이
지요.

　"경허난 머리가 나쁘문 손발이 고생허지게."

　설문대할망은 다리를 놓기 시작했어요.

　"에잉, 나가 이추룩 일을 허는디 추자도 사름덜은 코빼기도 내비치
지 안허난, 원."

　설문내알망은 다리를 놓으려다 그만둔 곳이 '추자도코지'라네요.

동굴도 만들다

우도의 콧구멍 동굴은 숨을 쉬는 곳이라 전해오는데,

동굴 속에서 조용히 잘 들으면 소가 숨을 쉬는 소리가 들린다고 하며 제주도에는 방선문계곡 음악회와 더불어 동굴음악회를 여는 특이한 곳이거든요.

우도봉 등대 왼쪽으로 검은 모래밭 끝에 구멍이 두 개 뚫린 바위가 있지요.

이 동굴은 설문대할망이 우도를 만들고 손가락을 바위를 '콕' 찍으니 고래 콧구멍처럼 생긴 바위를 '고래 콧구멍 동굴'이라 부른답니다.

족두리

오라동 한천에 설문대할망 족두리가 태풍 나리로 40~50m 끌려 내려가 다리 근처에 멈췄는데,

오라동지, 마애명지, 언론 보도, 오라동 주민자치원장(역임 허중웅)의 증언 자료에 의하면,

'족두리'는 2007년 나리 때 물결에 쓸려가,

제주시 행정도시 정비사업의 일환으로 고지교 북쪽 행정도시를 정비하며 10여 미터를 메우면서 물결이 빨라져, 2008년 6월 28일 장맛비로 많은 파손이 되어 옛 모양을 들어내기가 어려운 상황이 되었거든요.

설문대할망 족두리는 족감석 마애명과 같은 뜻의 돌이지요. 제주시 보건소에서 남쪽으로 400m쯤 되는 곳 오라천 '고지교'라는 다리 바로 남쪽에 큰 바위가 하나 있는데 사람들은 여름철에 이곳에서 목욕하며 더위를 식히곤 했지요.

이 바위에는 작은 글씨로 '族感石'이라 쓰여 있는데요. 이는 경주이씨 집안에서 족보를 만들어 전해 주었음을 고맙게 여겨 돌에 새긴 글

로 '친족임을 느끼게 하는 돌'이란 뜻이라 전해온답니다(다른 해석도 있다).

설문대할망은 족두리라는 돌 모자를 쓰고 다녔어요.

어느 날 설문대할망은 솥덕을 찾아 헤매다가 땀이 흐르자 족두리를 벗어 옆으로 눕혀 놔두고 세수하고는 깜빡 잊고 족두리는 쓰지 않고 한라산으로 떠나 버렸답니다.

그게 오라동 하천 고지교 다리 옆에 있는데 사람들은 설문대할망이 썼던 모자란 뜻으로 '설문대할망 족두리'라 부른답니다.

찾아가는 길은요,
KBS 제주방송총국 오른편으로 출발하여 고지교(하)→족두리→고지교(상)→KBS 제주방송총국 왼편을 한 바퀴 돌면 족두리로 가는 길이 완성된다.

설문대할망 족두리 관광코스로 개발 가능성 있어,
설문대할망에 대한 재조명 작업이 이루어지고 있다. 사회단체 〈동화섬, 회장 선명○〉에서는 한 달에 한 번 '설문대할망 흔적지를 찾아서' 현장 답사를 진행하며 설화 배경에 대해 '동화구연' 교실을 열고,
'설문대할망 족두리'는 그 웅장함이 이루 말할 수 없는 장관이어서

보는 이의 감탄을 자아냈던 큰 바위이다. 2008년 5월 16일 제주돌문화공원에서 열린 〈설문대할망신화 재조명 토론회〉에 참석차 방문한 서울대 인류학과 전경○ 교수와 20여 명은 오라동 소재 고지교에 있는 설문대할망 모자(일명 족두리)를 견학하여 차후 관광 자원화에 관심을 표명하였다. 현재 설문대할망 족두리는 원래의 위치에서 몇 미터 하천으로 내려와 있는데 설문대할망 족두리 원형 사진과 비교해 보면 돌의 모양이 일치하지 않아 원래 위치 흔적을 잘 관찰하면 복원할 수 있는 기초자료를 확보할 수 있을 것이다. 설문대할망 족두리는 2007년 말 오라동 주민들의 간절한 소망에 힘입어 당시 제주시장(김영○)의 적극적인 협조 덕에 제자리를 찾아가는 형상으로 '반성문 계곡음악회'와 연계하면 문화관광자원으로 손색이 없을 것이다.

신들이 천상 세계에서 천하 세계로 내려오려면 방선문을 통과하였다. 이곳에 댓돌(설문대할망이 녹피혜를 벗어 놓고 쉬었다는 곳)이 있는데 당시 제주 목사들이 산행(한라산 등반)하려 방선문을 통과하기 전 신발을 벗고 음식을 간단히 먹으며 한라산(은하수에 맞닿은 신비의 세계)으로 올라가는 준비를 하였던 목사 마애명이 남아 있다.

등경돌

돌 위에 다시 돌을 올려놓아 설문대할망이 앉은키에 맞췄다는데,

"에구, 큰일이다. 멩지 혼 동이 부족허다."

사람들이 설문대할망이 입을 속옷을 만들다가 한 동이 부족하여 그만 구멍 뚫린 속옷을 만들었잖아요.

"설문대할망님, 미안 허우다."
사람들은 구멍 뚫린 속옷을 설문대할망에게 주었지요.
"에잉, 나신디 고냥 똘라진 소중기를 입으라구?"
설문대할망은 화를 내며 육지로 놓던 돌다리를 그만두었지요.
"경해도 데껴불지 말앙 나 도라."
설문대할망은 구멍 뚫린 속옷을 가지고 바삐 걸음을 옮겼지요.
"히히 재수 좋앗저."
설문대할망은 바늘을 찾았지요.
"에구, 눈이 어두우난 잘 보이지 안헴저."
설문대할망은 각짓불에 불을 켜고 주섬주섬 속옷을 꿰맸답니다.

사람들은 설문대할망이 바느질(길쌈)하던 돌이라 하여 '등경돌'이라 부른답니다.

세월이 흘러 등경돌은 성산포를 지키던 장군바위 중 다른 곳으로 이동하는 모습으로 변했지요.

하루에 천리를 달리며 활을 쏘지 않고도 요술로 적장의 투구를 벗길 수 있는 능력을 갖췄을 것이란 이야기로 '별장바위'라고도 부른답니다.

솥덕바위(정족 삼뢰)

솥덕이란 예전에 솥을 얹혀 놓았던 돌 세 개를 세모 모양을 이르는 말인데요.

"오늘은 이디서 밥을 허카?"

설문대할망은 송당목장 주위를 살피다 세모 모양으로 돌이 세워져 있는 곳을 찾아냈지요.

"이런, 물이 몬딱 몰라신게."

송당목장의 물은 그날따라 밥을 지울 물이 바닥나 있었어요.

"이젠 어딜 가야 하나?"

설문대할망은 바다를 향해 두리번거렸어요.

"옳거니."

설문대할망은 곽지리 앞바다에 솥덕바위(바위 세 개가 세워져 있는 것)를 발견한 것이지요.

설문대할망은 솥을 앉혀 밥을 해 먹으려 애월 하물을 앉은 채로 떠다 솥에 붓다 짜증을 냈어요.

돌 하나가 작아 솥이 뒤로 자꾸 넘어지려 했으니까요.

"원, 한쪽이 너무 작군."

설문대할망은 일어서서 주위를 돌아봤어요.

"저것이 좋으켜. 혼저 가져와야지."

설문대할망은 '문필봉'을 발견했지요.

문필봉은 '눌우시동산'을 지나 한라산 쪽에 있는 데요.

설문대할망은 문필봉의 꼭대기를 손으로 쑥 잡아 빼려 했지요.

"이런, 꼭대기가 그차졋인게."

설문대할망은 끊어진 돌을 내팽개치고 그냥 돌아왔지요.

그 후 설문대할망이 문필봉의 꼭대기를 끊어 버려 문장가가 태어나지 못함을 안타깝게 생각한 동네 사람들은 예전의 문필봉처럼 복원하여 문장가가 나타나길 기다리고 있답니다.

아니, 벌써 아무도 몰래 나타나 있는지 모른다고 하네요.

오랜 옛날, 중국은 춘추전국시대였지요.

당 태자는 8년이나 거듭되는 내란과 외환으로 산동성으로 피난 갈 준비를 하고 있었지요.

"마마, 큰일낫수다. 멀쩡하던 하늘이 갑자기 먹구름으로 앞을 가리난 이 일을 어떵ㅎ코마씸."

신하들은 걱정이 태산 같았지요. 딩 태자만이라도 무사히 피난하여야 훗날을 기약할 텐데 그것마저 물거품이 된다면 아무 희망이 없는 것이나 마찬가지였기 때문이지요.

"어떵헐 수 엇다, 그냥 배를 띄워라. 한시가 급하질 않으냐?"

당 태자는 벼락천둥 속을 뚫고 배를 띄워 올라탔지요.

당 태자를 태운 배는 보름 동안 바다를 흘러가다 겨우 곽지리 진모살 동쪽 바닷가에 도착하였으나 배는 부서지고 당 태자는 죽고 부인만 겨우 목숨을 건졌지요.

사람들은 당 태자 무덤을 만들어서 '당릉'이라 이름 지어 관리했지요.

당 태자 부인은 낯선 곳에서 남편이 묻힌 무덤을 매일 드나들며 슬피 울었지요.

그 광경이 너무 가련하고 애를 끊는지라 눈물은 강이 되었고 매일 걷는 길의 자갈은 부서져 모래가 되었으니까요.

부인이 남편 무덤을 넘을 때마다 울었다 하여 '늘 울며 다니는 동산'이란 뜻에서 '늘우시동산'이라 불리는 데 이곳에 설문대할망이 솥덕 단지로 썼던 문필봉이며 솟바리가 바로 옆에 있답니다.

공깃돌

설문대할망은 심심할 때 공깃돌 놀이를 혼자 했지요.

"에고고."

그만 돌멩이 다섯 개를 손 등에 올려 넣고 뒤집어 잡는다는 게 세 개는 어느 밭에 한 개는 애월읍 어느 집 앞뜰에 또 한 개는 어느 목초 밭에 떨어지고 말았거든요.

"어디 보자."

설문대할망이 공깃돌 다섯 개를 찾아 헤매다가 찾지 못하매 화가 나서 밭에 있던 돌멩이 하나는 애월초등학교에 또 다른 하나는 리(읍) 사무소로 던져 버렸지요.

"이크."

남은 돌멩이 하나는 빼내려니 꿈쩍도 하지 않아 그냥 밭에 두고 어느 집안에 떨어진 돌은 한담공원에 놓아두어 오가는 이들에게 힘자랑 하는 게임을 하게 했다나요?

오랜 세월이 흐른 다음,
밭에 있던 한 개의 공깃돌은 설문대할망이 목욕하고 밥 짓는 물이 있는 '애월하물' 우체국 쪽에 이동하여 세웠어요.

이 하물은 오래전에 "나는 설문대할망 딸이다."라고 외쳐 대며 늘 하물 앞에 앉아 머리를 흩트리고 명주옷을 길게 입어 설문대할망을 봉양하던 할머니가 있었는데 그에 관한 이야기는 금성리에 사는 사람에게서 들을 수 있었는데요,

하가리 청년회에서는 모형으로 설문대할망 공깃돌을 만들어서 길가에 세웠답니다.

새끼 아흔아홉골

설문대할망이 어승생악 만들고 나니 등이 간지러웠어요.
그래서 아흔아홉골에 등을 기대어 비볐지만 시원하지가 않았거든요.

설문대할망은 어승생악을 바라보며 중얼거렸어요.
"옳거니."
설문대할망은 어승생악을 양 손가락으로 긁어 골짜기를 만들다,
"에구 아파."
그만 왼쪽 손가락이 돌멩이에 걸려,
"이런 아홉 개밖에 못 만들었군."
열 개의 손가락 자국으로 골짜기가 생겨야 하는 데 그만 아홉 개의
골짜기밖에 생기지 않았거든요.

"새끼 아흔아홉골인데."
설문대할망은 만면에 웃음 지며 그 후 등이 간지러울 때 아흔아홉
골에 등을 대면 새끼 이흔아홉골이 힘을 보태니 설문대할망은 등을
긁을 때 시원하였다네요.

어느 날 중국에서 곽지 문필봉을 향해 '비양도'가 날아오는 걸 본 설문대할망은 궁금했어요.

이를 잡아다가 아흔아홉골에 보태어 백골로 만들려 했어요.

그때 설문대할망이 비양도를 잡으려 하는 데 그만 어느 임신부가 소리치는 바람에 비양도는 한림협제 쪽으로 날아가 멈춰 서버리는 거예요.

"에이, 틀렷저."

설문대할망은 그만 비양도를 놓치고 말았고 그 후 설문대할망이 비양도를 갖다 놓으려던 자리에 물이 고여 '선녀탕'이 되어 선녀들이 하늘에서 내려와 목욕하곤 했답니다.

잠들다

설문대할망은 탐라를 창조하며 세상에 가장 힘센 존재로 자부하며 살았는데,

세월이 흐르며 설문대하르방을 만나고 탐라국이 생기며 차츰 기력을 잃으며 화병인지 건망증인지 우울증에 걸려 오래오래 잠들어 있답니다.

설문대할망 남편에 관한 이야기는 별로 없다. 제주가 삼다(여자 많음)와 관련짓다 보니 남자의 존재가 약간 희석되었다.

"세상에?"

설문대할망은 눈이 휘둥그레졌지요.

아니? 세상에, 아기들이 땅속(삼성혈)에서 태어나는 게 아니겠어요?

땅속에서 태어난 아기들은 어느새 자라 청년이 되고 벽랑국 공주를 만나 아기를 낳으며 잘 살았지요.

"거참, 재미있기는 허다마는…."

아기가 태어나고 아기들이 자라 또 아기를 낳고 또 낳고 그러다 보니 탐라국에는 사람들이 많이 생겨나는 걸 설문대할망은 보고 있으려니 차츰 화가 나기 시작했어요.

사람들은 서로 싸우기도 하고 힘을 합치기도 하며 점차 영역을 넓혀 가는 것이었어요.

"이러다간 내 자리까지 뺏길라."
설문대할망은 이제까지 자기보다 힘센 사람은 없는 줄 알았거든요.
자신만이 탐라를 갖고 있다고 생각했거든요.
그런데 사람들은 설문대할망이 만들어 놓은 산도 넘보고 오름도 맘대로 다니고 집도 만들고 길도 만드니 기분이 묘했을 거예요.

"에구 배고파."
설문대할망은 매일 잡아먹는 짐승이나 열매는 이제 질렸어요.
"바릇궤기나 잡아 보카?"
설문대할망은 바닷고기를 잡을 양으로 발길을 돌렸어요.
때는 3월 보름이라 물고기를 잡기에 더없이 좋은 날이었지요.

"이놈들 어디레 갓인고? 옳거니 옳지."
설문대할망을 바닷가를 휘저어 다니며 한참 물고기 잡기에 정신이 팔렸다가 커다란 그림자가 다가오는 것을 눈치챘지요.

고개를 들어 살펴보니 세상에나 자기보다 더 큰 거인이 다가오는 게 아니겠어요?

"에구머니나."

설문대할망은 뒤로 벌렁 넘어졌지요.

"원 싱겁긴…. 나는 설문대하르방이라 하오."

갑자기 나타난 거인은 설문대할망이 바다에서 허우적거리는 것을 보며 씩 웃었지요.

"사람 놀라게 하기는…. 임잔 어디서 옵디가?"

설문대할망은 모기만큼 한 소리로 물었지요.

"허허, 나는 땅속 나라에서 왓수다만…. 이녁은 어디서 옵디가?"

"저저, 난양 천상의 세계에서 왓수다게."

설문대할망과 설문대하르방은 처음 만나는 사이였지만 서로의 처지가 비슷함을 알고는 바로 친해졌지요.

설문대하르방은 키가 한라산 두 배만 했고 옷을 입기는 입었는데 바지 사이로 나온 성기는 어깨에 걸쳐져 있었지요.

틈틈이 쉴 때는 성기를 둘둘 말아 방석 삼아 깔고 앉곤 했답니다.

설문대하르방은 바닷고기를 잡는 어부였지요.

고기를 잡는데, 그물이 필요 없었지요.

커다란 성기를 바닷속에 넣고 이리저리 휘두르면 고기들이 막다른 여(돌) 사이로 들어가니 고기를 건져 내기만 하면 되었으니까요.

설문대하르방은 설문대할망이 혼자 사는 거녀라는 소문을 듣고 찾아온 것이지요.

설문대하르방은 설문대할망을 보는 순간 한눈에 반했나 봐요.

체구도 비슷하고 당당한 태도와 시원시원히 일을 해내는 것도 좋았으니까요.

설문대할망 역시 설문대하르방에게 호감이 갔지요.

이것저것 만드는 것도 어느 정도 마무리가 됐고 인간들이 사는 모습에도 재미 붙여 보았고, 남자 친구랑 아기랑 갖고 싶기도 했으니까요.

"우리 같이 궤기를 잡으민 하영 잡아질 거 닮수다만."

설문대하르방은 고기를 잡는 데는 도가 텄기에 설문대할망과 힘을 합쳐 보기로 했지요.

"자, 저레 다리를 벌령 앉아 있기만 헙서."

설문대할망은 설문대하르방이 시키는 대로 했지요.

설문대하르방은 소섬(우도) 쪽에서 성기를 이용하여 물속의 고기 때를 몰아 표선 쪽에 앉아 있는 설문대할망의 음문 쪽으로 몰았지요.

삽시간에 설문대할망의 음문 속에는 고기들이 가득 찼지요.

설문대할망은 음문을 잠그고 뭍으로 나왔지요.

그 길로 신풍리 목장으로 가서 음문을 열고 고기를 풀어놓으니 그 양이 열 섬 열 말이 되었다나요.

이후 설문대할망과 설문대하르방은 매일 만나 고기를 잡았고 때로는 한라산에 올라 사슴도 잡고 꿩도 잡고 기쁜 나날을 보냈지요.

어느 날,

설문대하르방이 물고기를 잡다 설문대할망에게 말했지요.

"나가 평생 바닷궤기를 잡아다 주고정 헌디 할망은 어떵 생각헴신고?"

그 말이 청혼임을 안 설문대할망은 기다렸다는 듯이 말을 받았지요.

"나한테 바닷궤기를 배불리 멕여 주켄 허민 허락허쿠다."

설문대할망의 얼굴이 금방 붉어졌지요.

"그런 것쯤이야 어려운 일 아니요. 나 평생 이녁신디 바닷궤기를 잡아주고정 허우다."

설문대하르방이 청혼하였지요.

"에고 부끄러운디. 궤기를 하영 잡아 준댄 허면양…"

설문대할망은 설문대하르방의 청혼은 받아들이며 신풍목장 올레길을 걸었지요.

신풍목장은 섭지코지와 가까이 있는 말을 키우는 곳인데요,

이곳은 요즘 아주 유명세를 타고 있답니다.

멀리서 보면 초야의 넓은 들판이 노랗게 물든 광경이 내난하거는요.

노란 물감을 '휙' 뿌려 놓은 것 같은 환상적인 모습인데,

"저거 뭐우꽈?"

관광객들이 카페 주인에게 묻곤 하는데요,

"아이고 게, 여기서 보믄 아름답지만, 막상 저기 강 보믄 생각이 확 달라질 거 우다."

"그게 무신 말인 고양?"

"강 보믄 압니다."

신풍목장에 널려 있는 노란 색 물결은 다름 아닌 밀감 껍질이지요.

밀감 껍질을 넓은 목장 잔디밭에서 말리는 광경이 대단했던 게지요.

가까이 가 보면 밀감 껍질에서 좋지 않은 냄새도 나기도 하지만 말려서 약재, 음료수, 물감용 등으로 쓰인다나요?

이건 설문대할망이 이곳에서 바닷고기를 잡아다 널었던 모습을 재현한 것과 똑같은데요,

예전에 설문대할망이 설문대하르방을 만나 섭지코지에서 바닷고기를 잡았는데 그 양이 어마어마해서 열 섬 열 말이나 되었다네요.

한(1) 말은 녁(4) 되를 합한 양인데요,

되는 곡식을 재는 기구로 정사각형의 나무로 만들었는데,

우리가 먹는 생수로 계산해 보면 지하수 큰 팩트병 하나는 한 되(1.8ℓ 정도) 양 물이거든요.

그럼 슬슬 계산해 볼까요?

한 말(1말)은 넉(4되)를 이름이니 팩트병 4개, 열섬(10 섬)은 팩트병 40개로 설문대할망이 음부로 잡은 물고기가 열섬 열 말이었다는 전설에 견주어 보면,

물고기를 팩트병 큰 것만큼 큰 물고기를 44마리나 음부 속에 넣었다는 거예요.

즉 지하수 큰 팩트명 만큼 큰 물고기 44개가 들어갈 만큼 큰 음부를 가졌으니 전체 몸집은 엄청나게 컸겠죠?

그만한 고기를 신풍 목장 들판을 풀어 말렸다는데,

요즘 목장 들판에서 말리는 밀감 껍질량은 그보다 더했으니 그 광경이 굉장하겠죠?

"우리 요기서 신방이나 츠리카 마씸."

설문대할망은 얼씨구 좋구나! 설문대하르방의 요구를 승낙하니 한시바삐 신방에 들어가고 싶었던 게지요.

"요기가 딱 맞는군."

설문대하르방은 미리 신방 굴을 알아봐 나 둔 게지요.

그 신방 굴은 신천지 목장 옆 켠에 있는 신천지 동굴이랍니다.

필자는 이곳을 수년 전에 탐사, 사진, 자료 수집하고 기록해 두면서 언제면 설문대할망과 연결해 볼까 궁리하다가 지난번 설문대할망 편

에 뭉개 트려 엉성하게 정리했던 걸 신풍목장 주변 카페 주인장의 협조로 다시 재정립하는 과정을 거치고 있는데요,

신천지 동굴 유적, 필자가 설문대할망이 첫날 밤을 설문대하르방과 지냈다고 꾸민 스토리를 간직한 곳으로 다음과 같은 안내문이 붙어 있답니다.

「이 유적은 용암동굴뿐만 아니라 동굴 앞쪽으로 용암 활동으로 형성된 지반이 압력을 받아 내려앉으면서 형성된 원형의 함몰부를 주거 장소로 채택한 자연동굴 집터다. 동굴 내부 발굴조사에서 연속적으로 형성된 여러 문화층과 불규칙한 구덩이들이 확인되어, 시기를 달리하여 장기간에 걸쳐 이루어진 주거 흔적이 확인되었다. 동굴 내부의 맨 아래 문화층에서 신석기시대 전기의 세선 융기문토기가 수습되었고, 그 위로 신석기시대 후기의 압인문토기, 청동기시대의 골아가리토기와 무문토기, 탐라전기의 적갈색토기, 탐라 후기의 고내리식 토기 문화층이 평면분포 혹은 층서상태로 확인되었다. 동굴 앞쪽 함몰부에서는 주거 흔적으로 판단되는 움집 자리 유구의 내·외부에서 신석기시대 토기와 석기가 확인되었다. 따라서 동굴 앞쪽 함몰부를 포함하여 이 동굴은 신석기시대 전기(B.C 5,000)에서 탐라 시대 후기(A.D 800)까지 장기적·간헐적인 주거 장소이었음을 알 수 있다. 이 유적은 특이하게 동굴 내부에 각종 패류 및 동물 뼈와 함께 토기가 다량으로 화석화된 조개더미가 남아 있다. 탐라 시대에 형성된

이 조개더미의 규모는 동굴 입구에서 대략 3m 지점에서 25m 지점까지 이르고 있는데, 당대 식생과 관련된 자연유물이 잘 보존되어있다.」

어때요?

위는 원안 그대로 옮겨 적은 것인데요,

아주 중요한 사항이기에 원본을 하나도 버림 없이 역사성 기록 차원에서 옮겼음이니 사학자, 탐사자, 관광 관련 콘텐츠 작성자들은 이 글을 참고하여 새롭게 스토리를 만들어나갈 수 있었음 좋겠구요,

관에서도 보존책을 마련, 설화와 연결하여 잘 정비하여 설문대할망 얼이 얽혀 있는 신풍목장(사유지여서 신경 써야겠지만)과 연계성에 깊은 관심을 필요로 하며,

설문대할망이 살았음 직한 동굴이기에 창작 수준의 감성설화 스토리였음을 상기하고자 합니다.

설문대할망은 싫은 척 좋은 기색을 숨긴 체 설문대하르방을 따라 간 곳이 물고기 열 섬 열 말을 풀어 넣었던 신풍목장 가장자리 동굴인데요,

크기도 둘이 지내기 안성맞춤이고 입구는 가시덩굴로 싸여 있어 아무나 속을 들여다볼 수 없는 아늑한 곳이었지요.

어쩌거나 설문대할망은 첫 사랑 첫 남자 설문대하르방과 신혼 첫

밤을 지새우고 나니 아뿔싸! 옆구리가 허전하여 일어나 보니,

설문대하르방은 온다간다 말없이 횡하니 떠나버린 게 아니겠어요?

'에공, 요놈이 하르방이….'

설문대할망은 간밤의 달콤한 꿈은 사라지고 긴 한숨만 남았어요.

열 달이 지난 어느 날, 설문대할망의 아랫배에 진통 오는 거예요.

"으앙."

아기가 태어나는 소리랍니다.

그 소리가 얼마나 컸던지 신풍목장에 세워졌던 어마어마하게 큰 창고(말 사육실)가 회오리바람을 일으키며 하늘로 올라갈 정도였다니까요.

"으앙."

"으앙."

"으앙."

세상에, 아기가 태어나는 울음소리가 오백 번 들리는 거예요.

설문대할망은 아기 오백 명을 한꺼번에 낳을 만큼 거구여서 지하수 팩트병 큰 거 44개가 들어갈 만큼 큰 음부였으니 아기 오백을 낳을 수 있었겠죠?

아기들은 태어나자마자 걸음을 걸었고 주변 목초를 이불 삼아 바깥

삶을 하는 데 그 기골이 설문대할망 닮아 대단했지요.

이후 신풍목장을 떠난 오백아들은 한라산을 터전 삼아 사냥도 하고 놀기도 하고 전쟁놀이도 하면서 영실 근방에 살았는데 설문대할망은 아비 없는 아들 오백을 혼자 키우느라 온갖 고생을 하고….

"에구 이놈들아. 네 아방은 어딜 가고 너희는 이 어멍 속만 태우노?"
설문대할망은 오백아들을 키우느라 힘이 빠지며, 설문대하르방을 욕하는 마음이 커지며, 점점 화병이 돋은 거예요.

이때 탐라에는 사람들이 오손도손 잘 살며 영역을 차츰 넓혀 오는 데 한라산까지 넘보는 거예요.
그러니 설문대할망이 설 자리가 점점 좁아지는 거지요.

"안 되켜. 영허당 나가 쫓겨나게 생겻저."
설문대할망은 기운이 한도 없는 거예요.
"나가 죽지. 나가 죽으민 되는 거주."

설문대할망은 이제까지 자신이 하는 일을 맘먹은 대로 됐는데….
아들도 오백 명이나 낳았는데….
그러나 이미 탐라국은 땅속에서 나온 아기들이 자라 어느새 그들의 차지가 되고 말았으니까요.

설문대할망은 그만 화병을 뒤로하며 물장오리로 떠났답니다.

물장오리는 제주시 봉개동에 있는 분화구호, 해발 937m의 분화구에 둘레 400m에 고인 물, 물이 깊다 하여 창 터진 물이라고 하는데요.

산정에 물이 있다 하여 물장오리, 태역(잔디)이 많다 하여 태역장오리, 삼 신인이 화살을 쏘았던 곳이라 하여 살쏜장오리 등으로 불리게 되었답니다.

설문대할망은 두리번거렸지요.

백록담이 눈에 들어왔지요.

백록담에서 물 장난치던 설문대할망은,

"어디 보자."

설문대할망은 접시 모양의 오름을 발견하였지요.

그곳에는 울창한 숲에 온갖 새와 동물들이 노닐고 있었지요.

"옳거니, 요 정도는 돼야지."

설문대할망은 한라산 옆의 물장오리에 들어섰지요.

"풍덩."

설문대할망은 그만 '물장오리'에 빠지고 오래오래 나오지 않았답니다.

그날따라 유난히도 오름은 적막에 싸였답니다.

"애들아, 열공을 허든 열일을 허든 헤사 헐 거 아니가?"

설문대할망은 요즘 오백 아들들에게 꽤 잔소리가 많아졌지요.

"집에서 맨날 놀명, 굶어 죽젠 허염시냐?"

설문대할망은 그러잖아도 가뭄에 농사가 안돼 죽을 판인데 아들들은 전쟁놀이나 하는 게 영 맘에 걸렸지요.

"휴, 나도 늙었나?"

예전에는 그렇지 않았거든요.

힘이 얼마나 세었으면 사람들도 겁을 내 가까이 갈 수가 없었지만 멀리서 자랑스럽게 여기고 있었는데 요즘 들어선 영 사람들도 좋아하지 않아 보이구요.

설문대할망은 오백 아들에게 양식을 구해 오라 보내고 얼마 남지 않은 쌀로 죽을 쑤기 시작했지요.

"어휴, 힘들어."

손으로 땀을 닦아도 땀은 계속 흘러내렸어요.

"아이쿠,"

설문대할망은 그만 솥 속에 빠지고 말았답니다.

오랜 세월이 흐른 후,

설문대하르방은 돌하르방으로 변신하는데,

관덕정 앞마당에 서 있는 돌하르방 1호가 바로 설문대하르방이란 사실 믿을 수 있나요?

"영 돌이 하영 잇이난 어찌 백성들이 편히 농사를 지을 수 잇이크냐? 돌을 치우라. 경허고 그 돌을 쌓앙 ㅂ 룸을 막으라."

새로 부임한 목사는 여기저기 굴러다니는 돌을 이용할 궁리를 하다 돌하르방을 만들어 3 읍성 앞에 세웠는데,

어느 날 설문대할망이 성내에 들어가다 돌하르방에 검문을 받게 되었다나요?

"이 양반아 어딜 몬직암시냐?"

돌하르방이 검문한다는 게 그만 설문대할망 가슴을 스치게 된 게지요.

참, 지금 같으면 야 공항에서 비행기 탈 때 이상한 막대처럼 생긴 게 몸에 쓱 스치는 거 있지? 그땐 그게 없었기에 손으로 검색을 했던 건데,

"이게 미안허우다. 어쩔 수 없음을 이해해 줍서."

돌하르방은 정중하면서도 화끈하게 설문대할망에게 사과하는 게 아니겠어요?

"어쭈, 괜찮은 남잘세."

설문대할망은 그로부터 시간 되는 대로 관덕정에 나가 돌하르방 병사를 만나며 우정을 키웠다나요?

나중에 연민의 정을 느껴 사랑하는 사이가 되기도 했구요.

돌하르방은 벙거지를 머리끝에 살짝 걸치고 이마가 불룩 튀어 나왔지요.

부리부리한 왕방울 눈이 커다랗게 떠 있구요.

큼직한 코는 믿음직하게 얼굴을 지키고 있지요.

꼭 다문 입술은 위엄이 있어 보이며 양손을 배에다 힘 있게 얹어 놓아 누구든 침범하는 자는 용서하지 않겠다는 듯이 노려보는 모습의 돌하르방이 탄생한 것이지요.

21세기
설문대할망의 출현

◈ 설문대할망 출처

　언제 어디서 어떻게 왔는지 모르는 제주 창조여신 설문대할망, 사람들은 설문대할망의 출생 비밀을 아는 듯 모르는 듯 입에서 입으로 전해 오는 스토리가 있다는데,

　설문대할망은 하늘나라 옥황상제의 말젯딸(공주)이다라는 말도 종종 들리는데요, 여기서 설문대할망은 하늘나라에서 태평양 물줄기 한복판에 내려왔다는 가설을 디딤돌 삼아 설화감성일기를 풀어가고자 합니다.

　잠깐, 설문대할망이 하늘나라에서 내려왔다는 스토리에 덧붙여 그를 만나는 시간을 가져 본다면? 참고로 설문대할망에서 할망은 할머니의 제주말인데요, 할망이란 말 그대로 해석하기보다 존재감과 창조 정신이 무한해 존경과 사랑과 희망과 요즘 세대의 AI와도 관련이 있는 여신의 의미로 받아들여야 할 것이에요.

　❖ 진성기(1957) 탐라창조 '하늘과 땅이 열린 이야기'를 설화감성일기로 풀어 쓰면, 옥황상제 신하 도수문장이 어느 날 바깥 세계를 내려다보니 하늘과 땅이 맞붙어 있었다. 도수문장은 하늘과 땅을 두 개로 쪼개어 한쪽 손으로는 하늘을 떠받들고 다른 한 손으로는 땅을 눌러 일어섰다. 그러자 하늘과 땅이 열렸다. 그러나 낮에는 해가 없고 밤에도 달도 별도 없는 어두컴컴한 세상이 되었다. 어둡던 하늘에 노인성,

북두칠성, 삼태성, 직녀성, 샛별이 솟아 나왔다. 이를 눈여겨보던 반고가 앞이마에 눈동자가 둘, 뒷이마에 눈동자가 두 개를 달고 다녔다. 그러니 한 하늘에는 해가 둘이요, 달도 둘이니 사람들은 낮에는 더워 죽어가고 밤에는 달빛에 시려 나뭇가지에 목매어 죽고 접싯물에도 빠져 죽으니 그야말로 천지가 완전 뒤죽박죽이었다. 이를 보다 못한 천지왕은 아들 대별왕을 시켜 해 하나를 쏘아 떨어트리고 소별왕을 시켜 달 하나를 쏘아 떨어트리니, 귀신은 어두운데 살게 되어 귀신과 생인이 구분되고 낮과 밤이 구별되게 되었다. 이때 귀신은 눈동자가 네 개여서 저세상과 이 세상을 두루 살필 수 있게 되었으며 생인은 눈동자가 두 개이기에 이 세상밖에는 볼 수 없게 되었다.

❖ 현용준(1976) '천지왕본풀이-개벽 신화'를 설화감성일기로 풀어 쓰면, 태초에 천지는 혼돈 상태였으나 하늘과 땅 사이에 틈이 점점 벌어지면서 땅에는 산이 솟고 물이 흘러내려서 하늘과 땅의 경계가 분명해졌다. 동쪽에는 견우성, 서쪽에는 직녀성, 남쪽에는 노인성, 북쪽에는 북두칠성, 중앙에는 삼태성 등 많은 별이 나타났으나 암흑시대는 계속되었다. 동쪽에 청구름, 서쪽에 백구름, 남쪽에 적구름, 북쪽에 흑구름, 중앙에 황구름이 뒤섞인 혼돈의 시대였다. 이때 천지왕은 해와 달을 내보내니 천지는 개벽이 되었으나 혼돈의 시대는 계속되었다. 천지왕은 천하 세계의 총맹부인과 혼인하여 대별왕과 소별왕을 낳았다. 이내 하늘에 해와 달이 둘씩 있는 걸 대별왕과 소별왕이 하나씩 정리하고 박 줄기를 타고 하늘로 올라가매 세상만사가 편안해 졌다.

❖ 김정파 스토리텔링 '창조여신 설문대'를 설화감성일기로 풀어 쓰면, 제주 창조의 여신 설문대할망 설화가 문화콘텐츠 활용을 위한 스토리텔링 북으로 재탄생했다. '인간계의 이정표 창조여신 설문대'(디딤돌)에 담긴 설문대할망 이야기는 기존에 알려진 설화를 따르기보다는 상상력을 보탠 획기적인 구상에 방점이 찍혔다. 제주 민속자료, 신화와 전설 자료집에서 영감을 얻어 '개벽과 강림' '인간계의 이정표 그 지형암호' '한라산 사냥꾼과 옥황상제' '설문대하르방과 오백장군' 등을 하나로 엮은 기술이 돋보인다.

설문대할망은 옥황상제의 셋째 딸로 암흑뿐인 세상을 땅과 하늘로 가르며 개벽하는 것으로 이야기는 시작된다. 한라산 사냥꾼과 옥황상제 이야기, 솥을 닮은 산정에 담긴 설화, 가파도와 마라도, 형제섬에 얽힌 이야기를 담은 김정파의 창조여신 설문대는 단순한 이야기가 아닌 인간의 이상과 세계정신을 이어가며, 절망적 고립 속에서 세월을 들쳐 메고 전통문화의 강인한 지역적 특질을 재해석하고 있다.

❖ 고혜경, 『태초에 할망이 있었다』를 설화감성일기로 풀어 쓰면, 설문대할망 이야기에서, 멀고 먼 옛날 세상을 만든 할망이 있었다. 똥으로 황금빛 오름을 빚고, 오줌으로 바다를 만들었던 거인 여신 설문대할망 신화를 통해 평등, 평화, 상생의 제주민들의 바람을 엿볼 수 있다.

목차를 보면, 서문(여신, 희망, 그리고 새로운 신화를 꿈꾸며)—우주의 질서를 짜는 할망—미완의 속옷과 완성되지 않은 다리—똥구멍으로 출

산한 황금빛 오름–바다를 만든 오줌 홍수–다리가 셋 달린 솥덕–자궁으로 낚은 고기–할망의 죽음–잠자는 할망 순으로 창조할 때마다 의식의 눈으로 보고 만질 수 있도록 구체적인 형상을 부여한다.

따뜻함과 친밀함과 내밀함이 할망이 요구하는 속옷에서, 할망이 놓다 만 다리의 자취에서, 똥으로 만들어진 황금빛 오름에서, 오줌으로 장강수를 만듦에서 신화의 땅 제주도가 지닌 특별한 신화 설문대할망은 제주의 1만 8천 위의 신들을 관리하는 할망은 분화하여 하루방이 나와 거대한 성기로 바닷속을 휘저어 물고기를 몰아주자 자신의 하문으로 남김없이 빨아들이는 엄청난 성 에너지까지 보여주지만, 어이없게도 키 자랑을 하다 한라산 물장오리 깊은 물에 빠져 죽고 만다. 이제 잠들어 있는 제주의 여신 설문대할망과 세계의 여신이 소통할 때다.

잠깐, 역시 설화는 모든 글의 기본이며 디딤돌이며 창조물의 근원인 것 같다. 그리스 · 로마신화가 세계적 신화로 이어지기까지는 숱한 어려움과 역경을 딛고 일어났기에 가능한 일이다. 또한, 작가들의 피나는 노력과 숱한 도전으로 극복하고 글 다듬고 고치고 토론하고 재창작하기를 거듭한 결과물이 현재 그리스 · 로마신화라면 이 또한, 앞으로도 새로운 창작 설화가 나타날 것이지만….

현대인의 잠든 의식을 깨워줄 우리의 위대한 여신, 설문대할망 신화를 재분석하여 현대인의 의식으로 깨어나게 하자.

◈ 설문대할망 석상

　설문대할망은 제주를 창조한 여신이다. 500명이나 되는 자식들을 먹여 살리려 죽을 쑤다가 죽솥에 빠져 죽는다. 척박한 토양에서 부지런한 삼다삼무 정신을 이어주고 지혜와 힘을 주며 제주 사람들을 사랑한다. 이런 여성들의 본고장 제주는, 제주의 문화는 '여성문화'라고 해도 과언이 아니다. 여성상이 제주도를 지탱해 온 것은 척박한 땅에서 자손들을 위해 물허벅을 마련하고, 아기구덕을 만들고, 갈중이를 만들어 입으며 ㅈ냥정신을 키웠다. 이 모두 설문대할망의 창조적 문화유산이다.

❖ 용머리 해안에 있는 석상, 관광객들을 잘 보살피는 역할을 한다.

❖ 설문대여성문화센터에 있는 모형, 20대의 날렵한 몸매를 가졌다.

❖ 파파빌레 설문대할망상, 천사 날갯짓을 하고 있다. 파파빌레? 파파는 아버지란 뜻이고, 빌레는 제주말이며 표준말로는 너럭바위와 비슷하다. 파파빌레가 생긴 유래는 다음과 같다.

　「파파빌레 흑룡석은 땅속에 묻혀 있던 신비로운 보물을 곶자왈 박사의 철학과 영혼을 담은 섬세한 손자국의 힘으로 세상 최초로 자신의 내부를 드러내 놓아 힐링의 공간을 사람들에게 제공한 한반도 지형을 품은 흑룡 형체이다. 힘 있는 우주, 창조여신 설문대할망이 살아 있는 곳, 찬란한 보물이 순도 높은 황금이 광채를 내 뿜으며 유채꽃, 메밀꽃과 동백꽃이 백일홍과 더불어 춤추는 곳에서 차를 멈추고 마음껏 상상력을 발휘하는 곳으로 자! 떠나자! 가슴에 담을수록 정겨운 한반도 지형을 품은 파파빌레 흑룡석의 심장 속으로… 바농오름에 갇혀 배가 고팠던 화룡은 얼른 빌레를 박차고 땅속에서 솟아 나왔다. 화룡은 자신이 만든 한반도 지형의 붉게 타오르는 백두산을 삼켰다. 남해안 괴석도 삼켰다. 급히 주린 배를 채우다 그만 목에 걸려 체했는지 괴성을 지르며 백두산과 남해안 구포와 바닷물을 토해냈다. 화룡은 용미(용이 꼬리)를 흔들어 대며 더욱 괴성을 질렀다.」

❖ 교육박물관 설문대할망 석상, 어디서 본 듯한 동상이다. 아하! 용머리 해안에도 설문대할망 동상이 있는 데 이와 비슷하다. 창조한 제주도를 손에 든 모습이다.

중앙초등학교 옆 설문대할망 석상, 길가에 세워져 오가는 나그네의 벗이 되어 준다.

우도 설문대할망 상, 여러 번 찾은 우도, 우리나라 등대 역사를 말해 주는 이곳에 제주도(백록담)를 든 설문대할망 동상이 새로 만들어졌다. 우도에는 등대의 역사를 밀해 주는 섬 속의 섬으로 우도에 대한 스토리텔링은 추후 진행할 것이다.

제주도서관 옆 수운근린공원 설문대할망 상, 설문대할망 청동상이 수운근린공원에 있다. 수운근린공원은 제주시 이도2동 406에 있으며 14,471㎡(4,385평)이다. 공원 옆으로 산지천의 물이 지나 제주항으로 흘러들고 있다. 도시 근린공원으로 조성하여 자연적인 휴식 공간과 청소년 쉼터와 연계하여 만들었으며, 소나무 숲에 조성된 공원이다. 1990년 8월에 제주시에서 시민들과 청소년 들을 위한 쉼터이다. 근처에는 제주도서관, 제주학생문화원, 청소년 쉼터, 청소년의 거리, 야외 공연장 등이 있어 청소년의 문화를 아우를 수 있는 장소이다.

◈ 설문대신화 활용 방안

필자의 박사학위 논문 중 일부로 제주특별자치도청의 협조 아래 이어도 연구소에서 '해양문화관광벨트' 조성에 관한 연구의 한 분야를 새로 꾸몄다.

❖ 문화관광콘텐츠산업과 연계 활용

관광산업은 보는 관광에서 즐기는 관광, 먹는 관광, 교육(문화) 관광으로 다변화(박철홍, 2003: 98) 되고 있으며, 설문대신화의 교육적 요소에는 문화 사랑의 의미가 있으므로 이를 관광콘텐츠산업으로 활용할 가능성을 찾아보고자 한다. 따라서 여기서는 설문대신화의 활용 방향으로 신화 관련 문화시설과 문화콘텐츠 측면을 논의해 보겠다.

❖ 신화 관련 문화물과 연계

현재 제주신화역사공원이 조성되었는데 여기에 설문대할망형 파크를 추가할 필요가 있고, 제주돌문화공원의 설문대할망 시설물(설문대할망 전시실)과 연계하면 좋을 것이다. 또한, 사설 설문대할망테마공원이 2011년 개장 이래 최근 폐장되었는데 재개장을 할 수 있도록 협조방안도 모색해 봐야 한다.

금릉 석물원의 설문대할망 코너, 소인국 테마파크의 오백장군 체험코너, 일출랜드(미천굴)의 설문대할망과 오백장군 코너, 제주아트랜드의 자연인물석 설문대할망 테마공원과 연계하는 방안이 있다.

또한, 아트리움 공연장에서 공연되는 극적 서커스 뮤지컬 '설문대'는 설문대할망을 바탕으로 창작된 감동의 드라마와 서커스의 조화 등 여러 문화시설과 연계 교육이 가능하다.

이 외에도 올레길이 있는데, 이는 집과 마을을 이어주는 길이며, 구불구불 이어지는 제주도 돌담길의 미학을 보여주는 길이다. 올레길은 제주도 돌담의 특징을 살려 제주도에만 있는 특수한 형태로 존재한다. 이는 설문대할망에서 파생된 환경 사랑의 이념을 실천하는 친자연 환경적 길로 제주도의 자연과 역사, 신화 등 다양한 문화 코드가 깃들어 있다. 현재까지 개발된 제주도 올레길은 21코스(1코스를 2코스로 분리한 것 5개 고스 포함하면 26개 코스)로 제주도를 한 바퀴 돌아 완성된 모습을 보인다. 코스별로 올레길 설화 스토리텔링이 가능한 곳은 1코스

(성산일출봉), 2코스(혼인지), 4코스(거슨새미, 노단새미, 호종달), 5코스(쇠소깍), 7코스(외돌개, 문섬, 범섬, 동백설화), 9코스(대길이와 설화) 등이 거론되고 있으며 앞으로 더 많은 올레길 설화 스토리텔링이 생성될 것이다. 따라서 7코스에 설화 스토리텔링이 많이 분포되어 있어 특이한 현상을 나타내는 것과 연관 지어 보면 현재 제주도에서 제일 인기 있는 올레길 코스가 7코스와 무관하지 않다. 즉 설화 스토리텔링이 많이 분포된 코스가 관광 자원화하는데, 가장 효과적이라는 것이다(자세한 사항은 부록으로 처리했다).

오름길, 오름 스토리텔링의 면모가 새롭게 나타나고 있다. 제주도 368개(400여 개로 보는 견해도 있다)의 오름이 생긴 유래와 오름길에 산재해 있는 설화 발생지의 설화 스토리텔링을 선보인다면 획기적인 문화관광상품이 될 것이다.

돌담, 제주 돌담의 가치는 대단하다. 김녕리의 돌담은 세계에서 가장 긴 돌담으로 그 아름다움은 여느 자연환경 못지않고, 인간의 힘이 가미된 것이라 믿기 어려울 정도이다. 돌담의 생성 또한 한라산이 화산 작용으로 화강암을 생성하였기에 가능한 일로 설문대할망에 그 근원이 있다

산담, 산담은 제주도의 장례문화를 잘 보여준다. 무덤을 만든 후 정사각형, 직사각형 모양으로 돌담을 두른다. 산담은 마소의 침입을 막

는 구실을 했다고 하는데 지금은 돌 문화 자원으로 인식되고 있다.

관광과 연계한 문화예술관광교육의 가능성이 잠재되어 있다고 본다.

따라서 기존의 일방적이고 수직적인 프로그램 방식을 지양하고 현장의 주체성과 자발성을 유도할 수 있도록 하는 생태학적 접근이 필요하다.

제주도 한림읍 금악리에 〈그리스·로마 신화박물관〉이 개관되었다 (2012년 2월 7일). 이 박물관은 신화 체험공간으로 루브르박물관과 바티칸박물관에 소장된 명화와 대리석 조각상 200점을 재현했다. 그리스·로마 신화박물관에는 올림포스관 부분 전경, 제우스와 올림포스 12신이 되었다가 헤라클레스로 변신해 볼 수 있는 그리스신화 체험공간이 있다.

박물관 시설로는 명화와 조각상 재현작품 전시공간과 그리스 마을로 구성돼 있다. 기존 유물 중심의 수동적 관람에 그치지 않고 전시물과 관람객이 상호 교감할 수 있는 20여 가지 체험형 전시 방식을 적용했다.

여기서 이 박물관을 자세히 소개하는 것은 제주도의 문화적 가치가 풍부한 설문대할망을 보여줄 수 있는 독립공간이 마련되어야 할 시점이기 때문이다. 즉 우리가 채록 본으로만 알고 있는 설문대할망 내용이 재현품으로 식섭 마수하면서 체감할 수 있는 설문대할망 형 박물관 조성이 필요하다고 보기 때문이다.

❖ 문화콘텐츠와 연계

관광산업은 제주도의 생명 산업이다. 이처럼 중요한 관광산업이 활성화되기 위해서는 관광자원을 어떻게 개발하고 이를 활용하여 관광상품화할 것인지에 대한 논의가 중요하다. 이런 점에서 설문대할망과 관련이 있는 신화 발생지를 관광 자원화할 명분이 분명해 보인다. 제주도의 관광자원은 천혜의 자연을 재료로 하는 자연생태자원 관광, 신들의 이야기를 스토리텔링 한 설화 인문관광자원이 중요하다는 공감대가 형성되고 있다. 이러한 욕구를 해소해 주기 위해 신화와 같은 설화 자료를 디지털 환경에 맞도록 재가공하여 문화콘텐츠산업의 리소스로 제공하는 방안이 있다.

설문대할망 속 주인공의 행위는 자연창조, 인간존중의 정신을 이해하는 훌륭한 단서가 되므로 가치관, 고난극복의 의지를 받아들이게 된다. 또한, 적극적인 삶을 살아가는 모습, 따뜻한 인간관계 등은 궁극적으로 인간이 지향하는 올바른 사고력과 창조 능력 함양에 큰 영향력을 미치게 된다.

그러므로 이를 잘 활용하여 신화를 재구성한 문화예술관광교육을 수립하여 사람들이 바람직한 방향으로 변화할 수 있도록 동기 부여가 가능하다.

콘텐츠산업은 기획, 집행, 평가, 환류에 이르는 전 과정에서 전문적인 지식이 필요하므로 효과적인 활동을 위해 미술, 민요, 국악, 만화, 애니메이션 등 다양한 방법과 내용으로 접근한 프로그램을 개발한다면 문화 전문인력 양성에도 기여할 것이다.

제주도 신화의 대표이며, 최초의 탐라국 생성신화인 설문대할망이 디지털기술을 기반으로 한 문화콘텐츠로 재창조된다면 어떤 효과가 나타날까에 대한 의문에서 이 연구는 시작되었다.

설문대할망 자료를 원천으로 한 문화 콘텐츠화는 〈설문대여성문화 센터〉의 설립으로 현대화되었다고 본다. 또한, 제주시 연동에 있는 신화의 거리를 재구성하여 그에 걸맞게 조성한다면 이는 신화콘텐츠의 확장이라 할 수 있다. 여기에 설문대할망을 활용한 스토리텔링 사업이 곁들여지고 설문대할망 발생지를 소인국 화한다면 문화콘텐츠 관광산업으로 발전될 가능성이 풍부하다고 본다.

설문대할망 원자료를 토대로 주제, 인물, 사건, 소품 등 다양한 중심소재를 단위별로 엮어 서사구조를 가진 하이퍼텍스트를 작성하면 항목별로 효율적인 관리 속에 데이터베이스 구축이 가능하다.

그리스 · 로마신화가 그림, 조각, 연극, 영화, 음악, 만화, 게임, 의식주 등 여러 분야에 걸쳐 다양하고 탁월하게 형상화되어 생활화되었다면 제주도 신화의 형상화 작업은 아직은 미미하다.

이에 설문대할망을 활성화하기 위해서 다양한 방법을 연구해 볼 필요가 있다.

올레길은 세계적인 문화관광상품으로 안착하였으며, 제주도는 물론 한국의 브랜드가 되었다고 해도 과언이 아니다.

이런 점에 차안하여 설문대힐밍 빌생지 히스토리텔링을 올레길, 오름길, 바닷길에 포함해 활성화하는 방법이 있다. 이는 제주도 설문대할망관광벨트(설문대할망 발생지가 나타나는 곳을 벨트처럼 연결하여 히스토리텔링하자는 제안이다. 이는 설문대할망 발생지를 연결하면 가능하다고 본다. 예를 들면 산지천에서 출발하여, 족두리-방선문-용연-관덕정-용두암-설문대할망공깃돌-쇠죽은못-애월하물-장한철생가-솥바리-눌우시동산-문필봉-수월봉-차귀도-군산-서복전시관-고근산-홍리물-일출봉-장강수-우도-두럭산-오충석탑-엉장메코지-산지천으로 돌아오는 길에 오름길, 올레길, 바닷길, 갯가길(새로 등장하는 개념으로 제주 사람들이 이웃 마을에 나들이 갈 때 바다와 육지가 맞닿은 작은 오솔길로 애월 한담에서 곽지해수욕장까지 가는 달쪽빛 길을 애월문학회에서 필자가 임시 지정하였다) 등을 관통하는 허리띠 모양의 관광벨트)를 말한다.

관광벨트를 조성하여 올레길 설화 스토리텔링, 오름길 설화 스토리텔링, 바닷길 설화 스토리텔링화 하자는 내용이다.

❖ **설문대할망의 활성화 효과**

제주도의 신들은 대립적이고 배타적이거나 선과 악의 이분법적인 세계관이 아니라 발끝에 차이는 돌멩이 하나에도 존재 이유를 부여하고 인간들과 관계 맺고 평화적으로 살아가는 세상임을 들려준다.

그러나 현실로 눈을 돌리면 신들의 이야기처럼 평화와 사랑, 관용의 지혜로 살아가기 어려운 상황임을 알게 된다. 제주도는 단기간에 경제적으로 급성장하며 개발 위주, 경쟁 위주의 사회적 현상이 나타나게 되었다. 이런 일을 극복하는 대안으로 설문대할망의 교육적 활용 및 문화관광콘텐츠산업의 활성화에 이바지한 측면을 살펴보고자 한다.

① **교육철학사상 활용에 기여**

설문대할망에서 도출된 교육철학사상의 활용 효과는 다음과
같다.

첫째, 창조성은 설문대할망이 탐라국 생성신화 정신인 동시에 제
주도 역사와 더불어 제주 사람이 간직해 온 신념이며 이상이다.
여기에는 제주 사람의 의식구조가 그대로 반영되어 있다. 그러므
로 위대한 창조력이야말로 제주 사람이 계승해야 할 이상인 동시
에 교육의 궁극적 목적으로 제시될 수 있는 요소이다.

둘째, 설문대할망을 현대적인 의미로 풀이해 보면 인간에 대한
해석이 지극히 소박하면서도 합리적이다. 설문대여신은 자진해
서 하늘의 신격 존재를 버리고, 지상으로 내려와서 흙과 돌 등
자연물을 이용하여 제주도를 창조하였다. 신에서 인간화하여 사
랑을 몸소 실천하는 애민사상을 제주 사람들에게 보여준 효과가
있다.

셋째, 교육의 목적은 교육을 받는 사람만 위하는 것이 아니라 인
류가 공존하는 데 있다. 그러므로 보편적 교육의 처지에서 볼 때
인류공영은 자기희생으로 나타나는 봉사와 사회공헌으로 더욱
값지다. 이런 측면에서 볼 때 설문대할망은 돌다리를 놓고, 길쌈
을 하며 자식을 위해 헌신하는 희생성이 현대를 살아가는 우리에
게 삶의 가치가 무엇인지를 알게 해 준다.

② 제주 사람의 정체성 확립에 기여

제주 사람들은 설문대할망의 교육철학사상을 통해 수눌음(협동), 주냥(절약)정신을 계승하고 있으며, 이는 교육을 통해서 전승되고 있다. 도둑, 대문, 거지가 없다는 삼무를 신화와 관련지어 보면 도둑이 없음은 가난하지만 평화로움을 상징하고, 수눌음은 협동성을 나타낸다. 대문이 없다는 것은 이웃 간에 신뢰와 믿음이 생활화되었음을 보여주며 집 안과 생활상을 자유롭게 공개하고 살아온 정신은 대문이라는 통제가 필요 없는 사회임을 말해준다. 즉 이웃끼리 필요한 물건을 주인 허락 없이 가져다 쓰고 되돌려 놓는 등 정낭 하나로 의사표시를 하는 믿음의 공동체였다. 거지가 없음은 곧 주냥정신(절약정신)이 퍼져 있음을 뜻한다. 제주도의 자연환경이 제주 사람들의 삶을 빈곤하게 만들었지만 이를 이겨 내기 위해서는 절약이 최우선 과제였을 것이다. 이에 제주 사람들은 누구나 부지런히 일하고 절약하는 근검 정신을 보여주어 설문대할망에 나타난 제주 사람의 정체성 확립의 기반이 되었다.

③ 제주도 관광산업의 활성화에 기여

제주특별자치도 관광협회에 따르면 관광객이 증가하고 있다 한다. 물론 최근 들어 코로나의 영향으로 확연한 감소세가 나타나기는 하지만 어떻든 제주 관광산업의 진흥기임에는 틀림없는 사실이다.

이는 한라산(거문오름 포함) 등산과 올레길 체험, 자연치유 프로그램 운영, 웰빙산업 증가 등에 관한 관심 급증에 힘입어 나타난 결과로 보인다.

제주도가 세계인들의 관광지로 떠오르면서 문화관광자원으로 설문대할망이 갖는 잠재력은 크다고 본다. 설문대할망이 망망대해에 탐라를 생성하고 삼라만상의 이치를 조정하고 인간을 창조하여 제주도의 기틀을 마련한 위대한 창조행위는 지금도 귀중한 자원으로 남아 있으며, 이것이 제주 관광산업의 활성화에 이바지할 것이다.

설문대할망의 전승은 문화자원의 진정성과 흥미라는 매력을 동시에 함축하고 있다. 이를 문화콘텐츠 창작 분야와 연계하여 문화관광 상품으로 개발할 수 있다. 이는 설문대할망 관련 장소(발생지)를 AI기술과 융합하여 신화적 상상력을 통해 스토리텔링 은행을 만들고 시놉시스 전시관 상영, 설문대할망 브랜드 관련 상품 발굴 등도 시도해 볼 만하다.

요즘 들어서 '신화의 회귀'라는 말이 나올 정도로 고대신화의 스토리들이 리바이벌, 또는 리모델링 형태로 되살아나서 출판업계나 오락산업의 매출고에 주요 품목이 되고 있다(양영수, 2011 : 13). 이런 점에서 풍부한 콘텐츠를 보유한 제주도 설문대할망이 각색되거나 재창작되어 문화콘텐츠로 활용할 수 있다. 예를 들면 오백장군, 백록담, 차귀도, 비양도, 용연, 우도, 외돌개, 용머리, 섭지코지, 마라도, 섶섬, 범섬, 산방산, 성산일출봉, 제주돌문화공원, 금릉 석물원, 백록담 흰 사슴 테마파크, 소인국 테마파크 등이 관광지로 발돋움하고 있어 설문대할망을 관광 자원화하는 데 손색이 없음을 보여주는 것이다.

◈ 그리스·로마보다 큰 신화

그리스·로마신화의 특징은 인간중심주의다. 헤라클레스라는 사람을 내세워 신들은 사람의 삶에 적극적으로 끼어들지 않고 단지 필요한 경우 도움을 주거나 방해하는 것으로 존재한다. 불의 신 프로메테우스는 시련 앞에서도 꿋꿋이 인간으로서 존엄성을 지킴으로써 마침내 제우스보다 더 찬란한 이름을 얻었고 때로는 자신들이 감당하기 어려운 운명 앞에서도 절망보다는 시련을 극복하는 오이디푸스, 오레스테스, 안티고네, 오디세우스가 그런 인물들이었다.

그리스나 이탈리아는 바다로 둘러싸인 나라이다. 바다는 그곳 사람들에게 무한한 꿈과 모험의 터전이 되었다. 바다로 나가면 새로운 땅과 새로운 사람들을 만날 수 있으니까 희망이 있었다.

그리스신화는 신들이 생겨나기 전에 하늘과 땅이 있었고 하늘과 땅에 거인족이 생겨나는 탄생을 그린다. 설문대할망신화에는 하늘과 땅이 생겨나기 전에 거인이 출현하여 하늘과 땅을 생성하는 것으로 나타나 그리스신화보다는 규모가 더 웅장하다.

땅이 생겨나고 산이 생기며 비를 내리고 풀과 꽃과 나무가 자라기 시작하고 짐승이 나타나며 가뭄이 생기고 호수와 바다가 만들어지며 제우스가 태어났다.

사람과 짐승과 땅과 풀과 나무가 생겨나기 전에 탐라를 생성하는 과정에서 설문대할망은 존재하며 제우스보다 훨씬 더 앞선 창조자의 역할을 했다고 본다.

올림포스는 높은 산으로 입구는 구름 문으로 되어 있고 그 속에는 신들이 신의 음식을 먹고 신의 술을 마시며 행복이 넘치는 곳으로 비나 눈이 없고 단지 구름만이 주위를 둘러싸고 있는 신성한 곳으로 표현되는 데 반해 한라산은 은하수와 닿을 듯 높이 솟아 있고 설문대할망은 옥황상제의 딸로 태어나 한라산이 올림포스보다 더 신성시되는 영산으로 등장한다.

한라일보에 의하면, '설문대할망' 캐나다로 간다. 세계적 토론토동물원 한국정원에 상징탑 탐라목석원의 돌탑으로 쌓은 모자의 사랑 설화에 감동하여 세계 10대 동물원 중 하나로 꼽히는 캐나다의 토론토동물원에 조만간 제주의 설화가 퍼지게 된다. 동물원 내의 한국정원에 설문대할망과 오백장군 상징탑 건립을 추진하고 있다 한다.

토론토동물원은 드넓은 면적의 아름다운 밀림 속에 세계 희귀동물만 3백여 종을 보유하고 있는 곳. 연평균 관람객이 1백 30만 명에 이른다.

이곳에 설문대할망과 오백장군 상징탑을 비롯해 민족대표 33인에 견줘 34번째 독립운동가로 꼽히는 캐나다의 프랭크 윌리엄 스코필드

(1889~1970 한국명 석호필) 박사를 추모하는 기념관과 동상, 조선 시대 민가, 기획전시실, 자료실, 전통음식점 등이 들어선다. 한국의 문화를 오롯이 소개하는 공간이다. 이중 스코필드 동상과 기념관은 캐나다에 사는 동포들의 정성으로 일제강점기 때 독립운동에 이바지한 고인의 뜻을 널리 기리기 위해 세워지는 것이어서 그 의미가 깊다.

◈ 설문대할망 동상 건립 제안

탐라 파크형으로 형성

작성자 장영주 작성일 2008. 08. 03. 설문대할망 창조신화 흔적을 탐라국 파크형으로(출판형식을 빌려 제안)

제안의 목적, 설문대할망이 창조신화의 실체를 정립하고 제주 신화의 핵심적 모티브로 자리 잡게 당위성을 제시하는 데 그 목적이 있다.

제안 현황, 설문대할망은 문헌 기록에 부분적으로 나타나고 있어 기록을 찾기에 어려움이 따르나 전승되는 설문대할망은 회화와 기지, 창조와 실의까지를 포함하는 우리네의 생활상의 여신이기에 우리 생활의 일부분으로 승화시켜야 한다. 지난 2008년 7월 26일 제주국제자유도시개발센터가 주최한 제주사랑 말하기대회의 참여 분포를 보면 설화 부분 참가자 유치부와 초등부 40명 중 설문대할망과의 관련성을 갖는 설화 내용이 16명으로 40%를 차지하고 있음을 보더라도 설문대할망이 우리 생활과의 관계가 매우 밀접하다는 것을 증명하고 있다.

제안의 배경, 설문대할망은 중국의 거인 반고와 맥을 같이하는 여신이다. 또한, 전라남도 해남과 강화도 등의 해안의 마고할미라는 이름의 거녀설화(자연물들과 관련)와 비슷하다. 그러기에 창조신화인 설문대할망은 제주도의 신화만이 아닌 우리나라 신화, 나아가 국제적 신화로 자리매김할 가능성이 충분하다는 역사적 배경을 가져 탐라국 파크 조성과의 배경과 일치한다.

제안 내용, 설문대할망을 부활시켜 제주국제자유도시 관광과 신화와 역사 도시로 발전해 나가는 세계적 휴양 주거 도시로 발전시키기 위한 설문대할망 창조신화의 실체적 접근에 대한 실제적 모멘트를 마련해야 한다.

❖ 세계 최고 중국 57m짜리 관우 청동상

중국 삼국지의 주요 무대 중 하나인 징저우시가 삼국지 영웅인 관우를 기념한다는 명목으로 세운 관우상은 세계 최대 청동 조각상으로 기록될 성도다.

관우가 청룡언월도를 쥐고 있는 모습을 조각했는데 워낙 크다 보니 징저우시의 모든 풍경을 압도한다.

두산현이라는 작은 지역에 무려 2억 5천600만 위안(한화 438억 원)이 투입된 수이쓰러우도 '문화 랜드마크'를 남발하고 자연경관을 훼손했다는 지적을 받았다. 이곳에는 99m 높이 집이 있다.

❖ 미국 자유의 여신상 46m

미국 뉴욕항의 리버티섬에 세워진 거대한 자유의 여신상은 1984년 유네스코 세계유산으로 등록되었다. 미국 뉴욕항으로 들어오는 허드슨강 입구 리버티섬에 세워진 이 조각상은 프랑스가 1886년에 미국 독립 100주년을 기념하여 선물한 것이다. 여러 해에 걸쳐, 자유의 여신상은 국제간의 우정은 물론 자유와 민주주의를 상징할 정도가 되었다. 횃불을 치켜든 거대한 여신상으로 정식 명칭은 '세계를 비추는 자유'지만 통상 자유의 여신상으로 알려져 있다.

1875년에 만들기 시작하여 1884년에 완성되었고, 잠시 프랑스 파리에 있다가 1885년 배를 통해 미국으로 이송돼 1886년에 현재 위치에 세워졌다. 여신상은 겉보기엔 조각이지만 내부에 계단과 엘리베이터가 설치된 건축물 요소를 동시에 갖고 있다. 작가 프레데리크-오귀스트 바르톨리가 자신의 모친을 모델로 조각했다고 하며, 에펠탑 설계자인 구스타브 에펠이 내부 철골 구조물에 대한 설계를 맡았다.

구스타브 에펠은 작품을 미국으로 옮기기 위해 여신상을 분해하고 조립하는 역할도 맡았다. 여신상 받침대는 건축가 리처드 헌트가 디자인한 것이다.

자유의 여신상은 미국과 프랑스의 공동 작업으로서 미국인은 받침대를 축조하고 프랑스인이 조상을 맡아 이곳 미국에서 조립하자는데 동의했다. 그러나 대서양을 사이에 둔 이들에게는 자금 부족이 문제였다. 프랑스에서는 공공요금, 다양한 형태의 오락과 복권이 모금의 수단이었다. 미국에서는 자선 무대 행사, 미술 전시회, 경매, 권투시합이 필요자금을 제공하는 데 도움을 주었다.

동으로 만든 여신상 무게는 225t, 횃불까지의 높이는 약 46m, 받침대 높이는 약 47.5m이다. 횃불까지 높이는 93.5m에 이르고, 집게손가락 하나가 2.44m에 달하는 거대한 규모다. 받침대 위에 선 여신은 부드럽게 흘러내리는 옷을 입고 머리에는 7개 대륙을 상징하는 뿔이 달린 왕관을 쓰고 있다. 오른손에는 '세계를 비추는 자유의 빛'을 상징하는 횃불을, 왼손에는 '1776년 7월 4일'이라는 날짜가 새겨진 독립선언서를 들고 있다. 여신상의 왕관 부분에는 뉴욕을 내려다보는 전망대가 설치되어 있고 박물관과 선물 가게도 있다.

자유의 여신상은 '아메리칸 드림'을 안고 뉴욕항에 들어오는 이민자들이 가장 먼저 보게 되는 것으로, 이민자들과 이민자의 나라 미국에 상징적 의미가 있다. 또한, 미국의 독립을 기념하여 만들어졌다는 점에서 자유와 민주주의, 인권, 기회 등을 의미하며, 1984년 유네스코 세계유산으로 지정되었다.

1886년 4월 받침대 공사가 끝났다. 자유의 여신상은 1884년 7월 프랑스에서 완성되어 프랑스의 프리깃함 '이제흐'에 실려 프랑스에서부터 1885년 6월 뉴욕만에 도착했다. 수송 도중 조상은 350개의 조각으로 각각 나누어 214개의 나무상자에 포장되었다. 조상은 4개월에 걸쳐 새 받침대 위에서 재조립되었다. 1886년 10월 28일, 자유의 여신상 헌정식이 수천 명의 관중 앞에서 거행되었다. 자유의 여신은 10년 늦은 백 주년 기념품이었다(출처_네이버 블로그 주주 사랑).

아메리칸 드림의 상징인, 높이 46m의 자유의 여신상은 정확한 이름이 '세계에 빛을 비추는 횃불을 든 자유 여신상'인데 그 밑의 기단까지 포함하면 키가 93m다. 발밑에는 노예해방을 뜻하는 부서진 족쇄가 놓여 있고 치켜든 오른손에는 횃불, 왼손에는 '1776년 7월 4일' 날짜가 새겨진 독립선언서를 들고 있다. 20세기 초 뉴욕에서 처음 미국 땅을 밟았던 수많은 유럽 이민자들을 환영한 자유의 여신상의 고향은 미국이 아니라 프랑스 파리이다. 프랑스의 조각가 프레데리크 오귀스트 바르톨디(Frederic Aguste Bartholdi)가 자유의 여신상을 설계했는데 그는 구상부터 시공까지를 모두 담당한 기획자라고 할 수 있다. 여신상은 1876년 미국 독립 100주년을 기념해 프랑스가 미국에 선물한 것이다. 뉴욕을 지키던 별 모양의 요새, 위에 선 자유의 여신상은 대서양의 너른 바다에서 뉴욕으로 들어가는 입구에 있다. 이 여신상은 바르톨디에게는 세계 최대의 거상을 만들었다는 자부심을 안겨줬고 새로운 꿈을 찾아 미국으로 가는 배의 3등 객실에 몸을 실은 이민자들에게는 오랜 항해의 피로를 풀어주며 신대륙에서의 새로운 삶에 대한 희망을 부풀게 했다. 미국이 희망이었던 사람들에게 자유의 여신상은 신천지로 인도하는 상징이었다.

❖ 파리에 세워진 자유의 여신상 22m

자유의 여신상이 서 있는 기단에서 가시관까지는 354개의 계단으로 연결되어 있어 걸어서 올라갈 수 있고 엘리베이터를 이용해 머리 부분의 전망대까지 오를 수도 있다. 계단을 오르면 복잡한 골조 위에 붙은 300여 개의 동판을 볼 수 있다. 전망대는 10여 명이 들어갈 정도로 좁고 서 있기 힘들 정도로 천장이 낮지만, 이곳에서 뉴욕 주변의 전경을 볼 수 있다. 대좌 내부에 있는 박물관에서는 여신상의 역사, 건설 모습, 제작 기법 등을 전시하고 있다.

세월이 지나면서 여신상에도 수많은 변화가 있었다. 구리에 금박을 입혀 만든 횃불에 구멍이 많이 뚫린 그래서 유리를 이용해서 불타는 횃불의 모양을 만들었다. 또한, 불과 횃대에 물이 많이 스며들고 골조에 틈이 생기는 등 손상된 부분이 많았기 때문에 자유의 여신상을 보수해야 한다는 여론이 일었고 1983년에 보수 작업을 시작했다. 외피와 내부의 골조를 연결하는 부분이 손상된 것을 전면 보수했고 리브도 스테인리스강으로 바꾸었으며 구리판과 리벳도 새로 교체했다. 애초 시공할 때부터 잘못되어 있던 부분도 바로잡았다. 횃불 부분은 거의 새로 만들었다. 새로 단장한 여신상의 공식 제막식은 1986년 7월 4일에 열렸다.

❖ 제주 설문대할망상 49m로

한라산을 베개 삼아 관탈섬에 발을 걸치고 잠을 잤다. 한라산과 관탈섬까지 거리는 49km다. 따라서 설문대할망의 키는 49km다(출처 장영주, 설문대할망). 그러나 동상을 원래 크기로 만들기에는 불가능하여 1000분의 1인 49m로 건립하여야 타당하다. 그럼 세계에서 두 번째 높이의 동상이 되는 것이다.

동상 속에 모든 자료가 들어 있게 제주성(『동국여지승람』에 둘레가 4,481척이고 높이는 11척이라 하였다)을 10분의 1로 축소(약 1.3km)하여 동서 남문에 돌하르방 4기를 세우고….

기본 자료는 장영주 저서에 자세히 나와 있다. 제주어보존회 전 이사장 허성@의 기본계획도 참고할 만하다.

❖ 치마 입은 설문대할망상(건물) 내부시설 예시

· 높이 49m

· 둘레 62.8m(지름 20m)

· 1층 다리 부분 계단(계단을 오를 때 설문대할망 노래가 나온다)

· 2층 전래놀이 시설

· 3층 제주도 음식 코너

· 4층 제주도 의상 생활 도구 코너

- 5층 영상실
- 6층 자료실
- 7층 소통실
- 8층 입 부분 레스토랑
- 9층 눈부분 전망대
- 10층 별자리 관측소(야간 명소, 노인성을 볼 수 있다면 금상첨화)
- 예상 추정 시설비 150억

❖ 제주목성 설문대하르방(돌하르방) 24기 재현

제주 돌하르방은 제주특별자치도 민속문화재 제2호, 1971년에 지정하였는데 세월이 흘러 산업화의 물결로 3 읍성에 세워졌던 돌하르방은 이동하여 제주목성 동문 밖에 있던 돌하르방은 KBS 제주방송총국 정문 앞에 2기(2-17호, 18호), 제주대학 박물관 앞에 2기(2-11호, 12호), 제주시청 현관 앞에 2기(2-15호, 16호), 서울 국립민속박물관 입구에 2기(당시 호수를 부여받지 못함, 1968년 이전했고 1971년 민속문화재로 지정되며 이미 돌하르방이 떠난 시기이므로)로 총 8기가 확인되고 있다.

서문 밖에 있던 돌하르방은 관정덕 정면과 후면에 4기(2-1호, 2호, 5호, 6호), 제주민속자연사박물관 입구에 2기(2~3호, 4호), 제주대학 박물관 1기(2-14호)로 총 7기가 확인되고 있다.

나머지 1기(행불, 제주목관아지 뒤뜰 안내문 및 돌문화공원 안내문에는 남문(돌문화공원 돌하르방과 한 쌍을 이룬 것으로 추정)에 있었던 것이라 나오는 데 남문에는 이미 8기가 확정돼 있으므로 이쪽 서문에 있던 돌하르방 1기가 행불된 것으로 숫자상으로 추정됨)

남문 밖에 있던 돌하르방은 제주돌문화공원에 1기(2-21호), 삼성혈 입구에 4기(2~7호, 8호, 9호, 10호), 제주목과이지 뒤뜰에 2기(2-19호, 20호, 2011년 옮김), 제주대학 박물관 1기(2-13호)로 총 8기가 확인되고 있다.

· 원래 제주목성 전체 길이 13km를 10분의 1로 축소 1.3km로 축성하고
· 위 본 돌하르방을 동서남문을 재현한 앞에 각각 8기씩 세워 수호신 역할을 하게 하며
· 제주목성 안에 대단위 탐라역사문화예술위락시설을 설치한다.
· 예상 추정 시설비 1,000억

제주목성의 둘레가 13km가 넘는다. 현재 남아 있는 흔적은 오현단 길에 몇 100여m 정도 복원된 흔적뿐 대부분 허물어져 성 돌은 다른 용도로 쓰였다.

그러나 동문, 서문, 남문의 서 있었던 위치와 대략의 성 둘레 측정은 나와 있는 형편이므로(성문 위치가 조금 이동되었다는 주장도 있다) 이를 기본 삼아 복원하기란 불가능한 상태이니 이를 모형화해서 1/10로 축소된 성을 쌓아 원본(?) 24기 돌하르방을 제자리로 옮기고 옮긴 자리는

똑같은 모형을 재배치하여,

세워지는 곳 또한 동서남문모형에 8기씩 S자 형태로 해야 한다.

제주를 일컬어 1만 8000여 신들의 고향이라 한다. 그 신들의 중심에
는 설문대할망이 자리 잡고 있다. 설문대할망의 키는 설화에 의하면
49km이다.

설문대할망이 한라산을 베개 삼아 다리를 관탈섬에 걸치고 잠을 잤
다는 설화를 본다면 그 키가 한라산에서 관탈섬까지 길이와 맞먹는 것
으로 볼 때 설문대할망 키가 49km라는 계산이 나온다. 사실 세계에서
제일 큰 미국의 자유의 여신상의 높이는 46m이다(최근 중국에 장비 동상
이 58m로 세워 졌으나 아직 여러 문제점이 있어 여기선 보류해 두고자 한다).

그러니 세계 최고 높이의 설문대할망 동상을 설화를 근거로 1/10로
축소된 49m로 세운다면 세계사에 명물 중 명물이 될 건 뻔한 노릇이
다. 세계 최고의 높이 동상이 제주도에 세워지게 되는 쾌거를 이르는
것이다.

그 설문대할망 동상 속에는 1만 8천여 신들의 모형과 스토리가 영상
화되어 있고 각종 숙박 시설과 놀이터, 게임기, 관광 상품, 식당 등 그
곳에 가면 모든 걸 해결 할 수 있는 종합 탐리국 설화 왕국을 마련하자
는 것이다.

성안에는 말타기, 방앗돌 굴리기, 연날리기 등 민속놀이 체험 한마당을 각종 민속자료를 재현하고 고공 스카이버스로 한 바퀴 돌게 하늘 위에 레일을 깐다면 금상첨화가 될 것이다.

에필로그

설문대할망의 상반된 대립구조(설문대할망은 신인가? 인간인가?)를 살펴보면 설문대할망에 관한 기록은 조선 숙종 때 제주 목사였던 이원조의 『탐라지』다. 제주도의 전설들이 대부분 그러하듯 설문대할망에 대한 전설도 다양한 형태로 나타난다.

설문대할망은 제주도를 창조한 거 여신으로 '설명두할망' 또는 '세명뒤할망'이라고도 한다. 설문대할망에 대한 설화는 많은 형태로 나타나는데 정립되어 있지 않아서 상반되는 몇 가지만 대비시며 분석하고자한다.

① 탄생은 옥황상제의 말젯딸이다. 어떻게 태어났는지 모른다로도 정리할 수 있다.
② 백록담 창조는 옥황상제가 설문대할망 때문에 마음이 안 좋은 상태에서 사냥꾼에게 한라산 꼭대기를 던져 만들어졌다. 설문대할망이 깔아 안기에 편하게 한라산 꼭대기를 뽑아 버려 만들어 졌다로 나누어진다.
③ 영실기암은 오백 아들이 죽에 빠져 죽은 어머니에게 속죄하다가 돌이 되었다. 원나라군이 쳐들어와시 이를 시키려 싸우다 죽은 군사들이라고 정리할 수 있다.

④ 오백 아들은 중국 진시황의 후궁으로 들어간 탐라 처녀가 알을 다섯 개 낳고 알에서 100명씩 나왔다.(고종달, 호종달과 연계) 설문대하르방과 혼인하여 낳았다. 탐라국을 세울 때 힘이 되었다고 정리할 수 있다.

⑤ 막내아들은 외돌개가 되어 원군을 물리쳤다. 차귀도 장군석이 되었다고 나뉘고 있다.

⑥ 죽음은 탐라국을 뜻대로 통치하지 못해(사불여의) 화병으로 죽었다. 죽을 쑤다 빠져 죽었다. 물장오리에 빠져 죽었다가 팽팽하게 대립하고 있다.

참고로 설문대할망신화 관련하여 연도별로 보면 한나라는 기원전 200년 기준, 원나라는 13세기 기준, 탐라국은 3세기 기준으로 볼 때 한나라와 관련된 오백나한은 시기적으로 역사성이 떨어진다고 본다. 그 이유로 설문대할망은 탐라국을 세웠다는 창조신이다.

따라서 탐라국은 3세기에 세워졌고 한나라는 기원전 200년이기에 그 역사적 기간 차이가 크다. 다만 '탐라국'이 아니라 '탐라'면 설화에서 증거성을 확보할 수 있다고 본다.

다음은 2022년 현재 필자가 만든 설문대할망 관련 서적 표지 모음 (18권)과 필자가 만든 노래이다.

디카 설문대할망
이

설문대할망 논문 주인
공 돼다

설문대할망 언론사 주
인공 돼다

설문대할망 유튜브 주
인공 되다

설문대할망
수정 | 다운

제주전래동화 설문대
할망

설문대할망
수정 | 다운

설문대할망 선녀탕
수정 | 다운

삼승할망/선문대할망
수정 | 다운

설문대설화
수정 | 다운

제주도 최초 설화동화
연구

설문대신화에 나타난
교육이념 연구

설문대할망은 왜 했을
까?

설문대할망은 어떻게
했을까?

설문대할망은 무엇을
했을까?

설문대할망은 어디서
왔을까?

설문대할망은 누구인
가?

설문대할망은 언제 왔
을까?

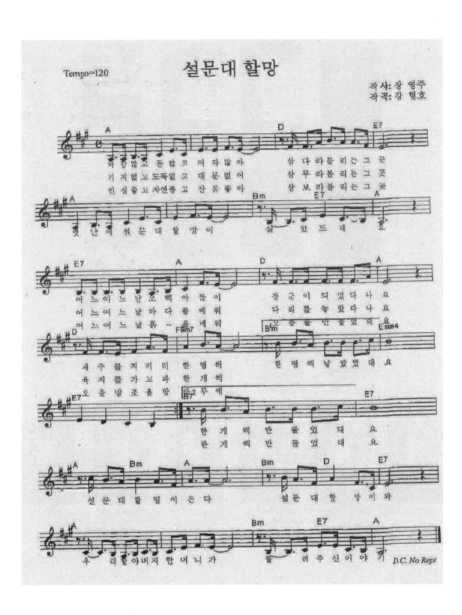

설문대할망 노래를 들을 수 있는 카페 주소

https://cafe.daum.net/kp4075

부록

올레길 설화

설문대할망 올레길 따라
제주(탐라·한라·영주) 한 바퀴

● 출처 제주올레

올레길은 바다, 자연, 역사, 신화, 문화를 어우르는 제주도 최대 문화예술길이다.

현재 전 구간 27코스 437km다.

1코스 2구간, 7코스 2구간, 10코스 2구간, 14코스 2구간, 10코스 3구간, 14코스 2구간, 18코스 2구간에 원 21코스를 합해 27코스이다.

01 코스 : 시흥 - 광치기 올레

● 성산일출봉

설문대할망이 빨래 바구니로 썼던 분화구이다. 새해 일출 명소이다.

01-1 코스 : 우도 - 올레

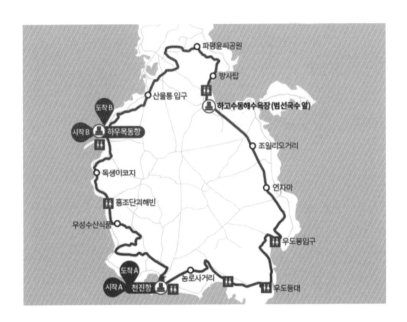

● 우도

설문대할망의 센 오줌 줄기로 성산포 한 귀퉁이가 떨어져 나간 섬으로 오줌 줄기는 장강수가 되었다.

02 코스 : 광치기 - 온평 올레

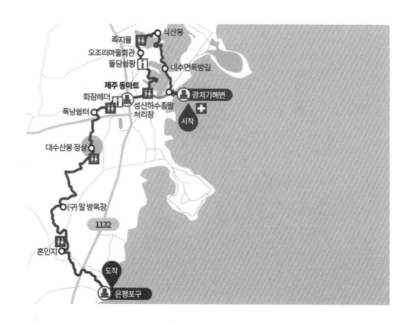

● 혼인지

설문대할망의 동생인 넷째, 다섯째, 여섯째가 탐라국 왕자와 혼인하

여 살림을 꾸렸던 동굴 방 3개가 있다.

03 A B 코스 : 온평 - 표선 올레

● 신풍목장

설문대할망이 섭지코지에서 설문대하르방을 만나 첫사랑을 하고 물고기 석 섬 열 말을 음부로 잡아다 이곳에 널어놓고 옆 굴에서 첫날밤을 세웠다. 오백 아들이 태어난 굴이 있다.

04 코스 : 표선 - 남원 올레

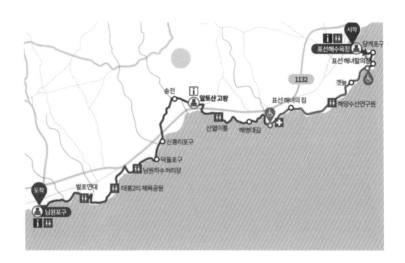

● 당케

설문대할망을 위해 사람들이 당을 세웠다. 바닷일을 무사히 마칠 수
있게 무사 안녕을 기원한다.

05 코스 : 남원 - 쇠소깍 올레

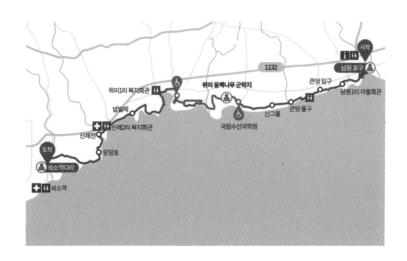

● 쇠소깍

설문대할망이 물 깊이를 재다가 쇠소깍에 가 보니 물 높이가 무릎
까지 찼다 한다. 여름철 테우 놀이가 유명하며 지귀도가 한눈에 보
인다.

06 코스 : 쇠소깍 – 제주올레 여행자센터 올레

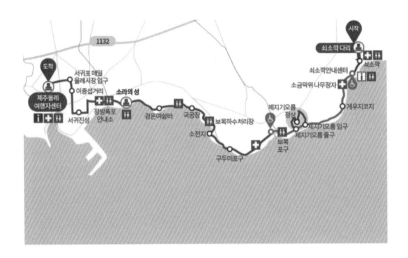

● 정방폭포

설문대할망이 하늘나라 칠 공주 중 셋째 공주이다. 정방폭포 다리
에 칠선녀가 새겨져 있고 정자에는 칠 공주들이 벌거벗고 목욕하는
그림이 있다.

07 코스 : 제주올레 여행자센터 - 월평 올레

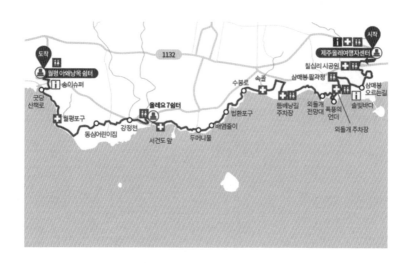

● 외돌개

흉년이 든 때 설문대 할망은 오백 아들들이 먹을 죽을 쑤다 빠져 죽으매 막내아들은 차귀도에 가서 장군석이 되었다 한다. 속설에는 외돌개가 되어 몽골군을 섬멸했다고도 전해 온다.

07-1 코스 : 서귀포 버스터미널 - 제주올레 여행자센터

● 고근산

설문대할망이 똥을 눕고 뒤처리를 하려니 휴지가 없던 때라 고근산 봉우리 잔디에 엉덩이를 문질렀다 하여 고근산 정상은 엉덩이 모양 이라 한다.

08 코스 : 월평 - 대평 올레

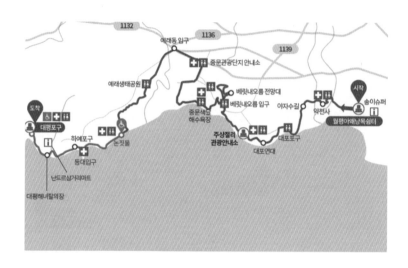

● 논짓물

설문대할망은 논짓물에서 손바닥으로 물장구치니 한쪽은 단물이
오. 다른 쪽은 짠물로 확연히 나누어지는 신기한 곳이다.

09 코스 : 대평 - 화순 올레

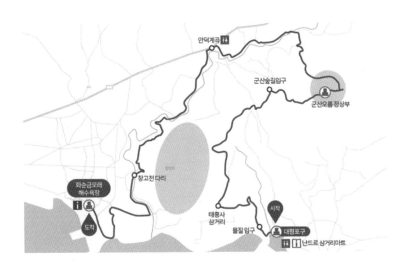

● 안덕계곡

설문대할망이 한글 공부하러 지상 나라에 유학 온 때 마침 용왕의
왕자도 유학생인지라 함께 추사 김정희 선생의 제자가 되어 가르침
을 받았다 한다.

10 코스 : 화순 - 모슬포 올레

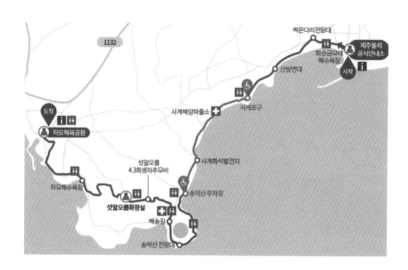

● 송악산

설문대할망이 송악산에서 가파도 마라도를 바라보며 사람들이 편하
게 가고 오게 돌다리를 놓을 궁리를 하였다.

10-1 코스 : 가파도 - 올레

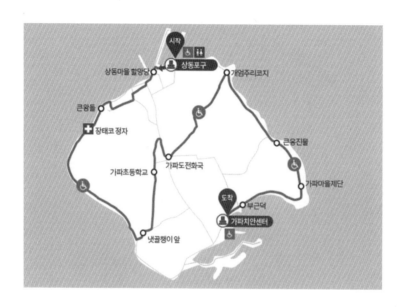

● 가파도

설문대할망에게 소원을 말하는 전당이 가파도에 있다. 이곳에서 소원을 백번 빌면 소원이 이루어진다 한다.

11 코스 : 모슬포 - 무릉 올레

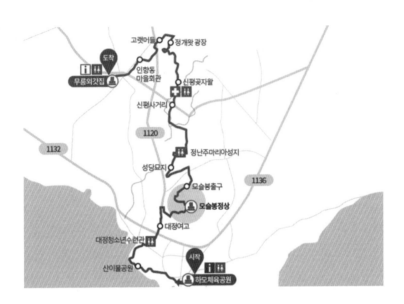

● 모슬봉

설문대할망이 모슬봉에 걸터앉아 쉬는데 마라도에서 아기 울음소
리를 들었다. 기이하게 여겨 살펴보니 여자애 혼자 모슬포를 향해
서 있는 돌이었다.

12 코스 : 무릉 - 용수 올레

● 수월봉

설문대할망이 녹고와 수월이가 부모를 효도로 섬기는 진실한 정신
을 본받게 단물을 내려보내는 곳이다.

13 코스 : 용수 - 저지 올레

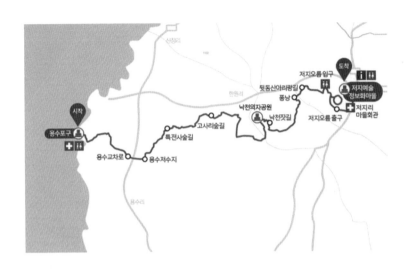

● 차귀도

용수포구 앞바다에 설문대할망 막내아들이 영실에서 혼자 나와 장
군석이 되었다.

14 코스 : 저지 - 한림 올레

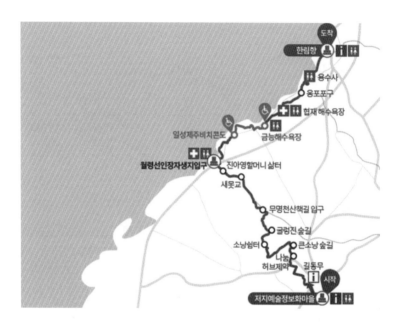

● 비양도

금능해수욕장 앞 오름은 중국에서 날아와 곽지해수욕장으로 올라오
는 걸 본 임산부가 소리치자 그 오름이 멈추어 선 게 비양도이다.

14-1 코스 : 저지 - 서광 올레

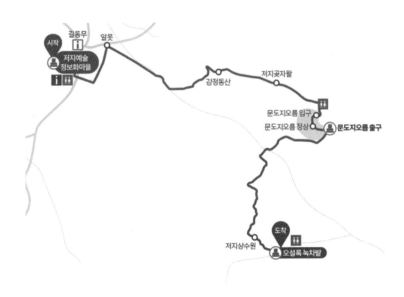

● 오설녹차밭

기름진 땅이라는 소문을 들은 설문대할망이 이곳에서 처음 농사를 지었다. 그래서 신화공원이 이곳 주변에 있다.

15 A B 코스 : 한림 - 고내 올레

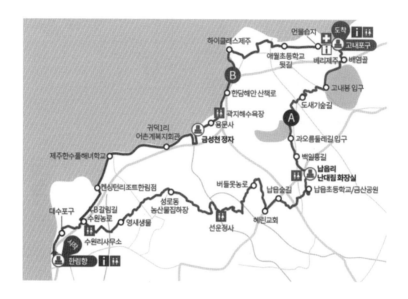

● 문필봉

곽지해수욕장 가는 길에 설문대할망이 곽지리가 문촌선비촌이란 소
문을 듣고 한라산에서 내려와 과오름에서 바라보니 붓 모양의 돌이
있기에 이걸로 한글 공부를 하는 데 썼다 한다.

16 코스 : 고내 - 광령1리사무소

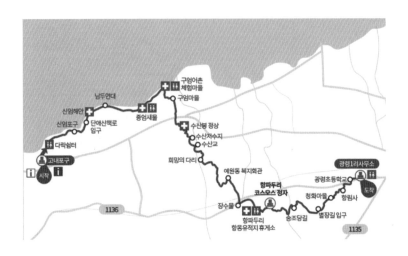

● 제주 항파두리 역사문화제 개최

2016 항파두리 주민행사, 2017 항파두리 역사제, 2018 항파두리 해원문화제, 2019 항파두리 역사문화제 2020 코로나로 중단 2021 항파두리 역사문화제 2022 항파두리 역사문화제가 열렸다.

주제 테마행사 진행으로 제주특별자치도 세계유산본부와 제주애월읍민회에서 항몽유적지 일원에서 '지역주민과 함께하는 항파두리 역사문화제'이다.

필자는 들어오는 입구 안내문을 1999년에 초안하였다.

17 코스 : 광령 - 제주원도심 올레

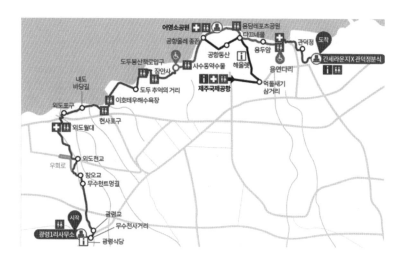

● 용연

설문대할망이 탐라국 곳곳을 돌아다니며 물 깊이를 쟀는데, 용연에
와 보니 물이 푸르고 깨끗하여 차마 몸을 씻지 못하고 발 등만 물을
묻혔다.

18 코스 : 제주원도심 - 조천 올레

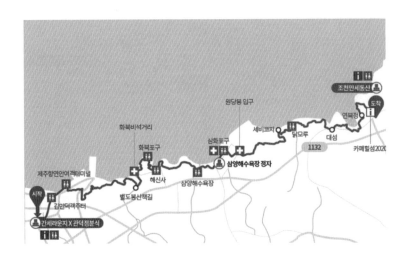

● 별도봉

설문대할망이 별도봉에 걸터앉아 태평양 넓은 바다를 바라보며 깊은 고민을 하였다 한다. 별도봉 앞에는 '자살터'가 있다.

18-1 코스 : 상추자도 - 올레

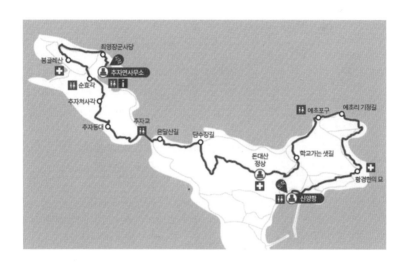

● 상추자도

설문대할망이 육지를 가고 싶어 하는 추자도 사람들을 위하여 육지

까지 가는 돌다리를 놓다 만 자국이 추자도코지이다.

18-2 코스 : 하추자 - 올레

● 대왕산 황금길

대왕산에서 바라보는 추자도는 황금빛 물감을 풀어 놓은 것처럼 황
홀경이다. 설문대할망이 만든 이 광경은 천하일품이다.

19 코스 : 조천 - 김녕 올레

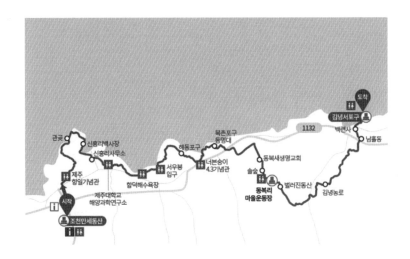

● 관곳

설문대할망은 제주 사람들과 내기(시합)하여 속옷(소중기)을 만들어 달랬는데 그만 한 동이 부족하여 구멍 뚫린 속옷을 만들매 화가나 그만둔 돌다리 흔적이 '엉장메코지'인데, 그 바로 옆이 관곳이다. 사실 관곳은 육지 가는 최단 거리인데 설문대할망이 관곳에서 육지가는 돌다리를 놓았다면 성공했을 것이다.

20 코스 : 김녕 - 하도 올레

● 당처물동굴

설문대할망이 제주 사람들 모두가 삼 년 동안 먹을 물을 감추어 둔 곳이 당처물동굴이다. 만약을 위해 몰래 동굴 지하 속에 지하수를 숨겨 놓았다.

21 코스 : 하도 - 종달 올레

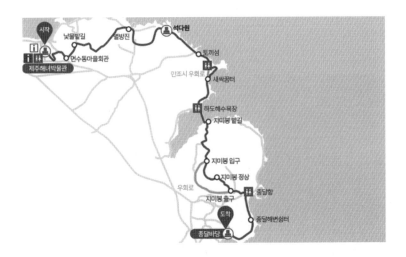

● 토끼섬

설문대할망이 땅에서 뛰어노는 귀여운 토끼들이 안전하게 잘 지내
게 문주란을 심어 보금자리를 만들어 준 것이 토끼섬이다.

장영주 저자의
향토 도서 목록

1974년 광령3경(현 무수천 4경) 드 렁지소(현 영구연) 설화 채록 및 안내 판 설치(지도교수 허인옥)를 시작으로 1980년대 제주신문에 제주의 전설 동화를 연재하여 이를 민족전래동화 6 민족전래동화 8 민족전래동화 9를 아동문예사에서 발간했는데 아쉽게 도 민족전래동화란 제목이 제주도전 래동화와는 관계가 없는 거로 알려져(당시 제주도 전설 채록 집으론 2~3 위에 들 만큼 방대한 분량에 기록문화로서도 3~4위에 들 만큼 빠른 오랜 제주 도전래동화란 말을 쓴 최초의 설화집을 발간하여 마이디팟에서 온라인 오프라 인을 겸한 제주도전래동화가 선보이며 설문대할망 연구로 영남대학원에서 박 사학위(지도 교수 박철홍 · 심사위원장 김재춘)를 받는 결실을 보게 된다.)

그동안 만든 향토(제주도) 관련 저서(공저 제외)가 상당하나 제주도 사회에선 그리 알려지지 않고 몇몇 소유물로 인식되는 경향이 있기에 이번 기회에 기록 차원에서 목록을 정리해 둠이다.

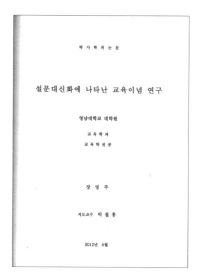

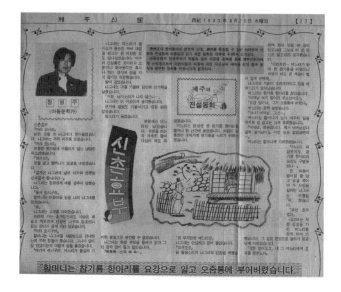

연번	제목	출판사(편집사)	출판년도	출판유형
1	어승생악	도서출판 영주	2022	전자출판
2	한라산	도서출판 영주	2022	전자출판
3	설문대할망이어 깨어나라	도서출판 영주	2022	전자출판
4	제주돌문화공원 10경	도서출판 영주	2022	전자출판
5	설문대할망 디카에세이	도서출판 영주	2022	전자출판
6	비자림 디카식물 에세이	도서출판 영주	2022	전자출판
7	비자림 디카숲길 에세이	도서출판 영주	2022	전자출판
8	설문대할망 논문 주인공 되다	한국해양아동문화연구소	2022	전자출판
9	설문대할망 언론사 주인공 되다	한국해양아동문화연구소	2022	전자출판
10	설문대할망 유튜브 주인공 되다	한국해양아동문화연구소	2022	전자출판
11	설문대할망은 왜 했을까?	한국해양아동문화연구소	2022	전자출판
12	설문대할망은 어떻게 했을까?	한국해양아동문화연구소	2022	전자출판
13	설문대할망은 무엇을 했을까?	한국해양아동문화연구소	2022	전자출판
14	설문대할망은 어디서 왔을까?	한국해양아동문화연구소	2022	전자출판
15	설문대할망은 누구인가?	한국해양아동문화연구소	2022	전자출판
16	설문대할망은 언제 왔을까?	한국해양아동문화연구소	2022	전자출판
17	제주민속 디카에세이	도서출판 영주	2022	전자출판
18	모래조각 디카에세이	한국해양아동문화연구소	2022	전자출판
19	추사 김정희 제자 박규안	도서출판 영주	2022	전자출판
20	비운의 여인 산방덕이	도서출판 영주	2022	전자출판
21	해녀 디카에세이	도서출판 영주	2022	전자출판
22	열녀 김천덕	도서출판 영주	2022	전자출판
23	춘향이 홍랑 홍윤애	도서출판 영주	2022	전자출판
24	뮤지컬 문도령과 자청비	도서출판 영주	2022	전자출판
25	진안할망당 관덕정 김녕사굴	도서출판 영주	2022	전자출판
26	돌하르방	도서출판 영주	2021	종이출판
27	돌문화공원 선녀탕	한국해양아동문화연구소	2021	전자출판
28	구슬할망	도서출판 영주	2021	전자출판
29	고종달과 용머리	도서출판 영주	2021	전자출판
30	열녀 김천덕	도서출판 영주	2021	전자출판
31	장사 구운몽	도서출판 영주	2021	전자출판
32	산방산과 방철 스님	도서출판 영주	2021	전자출판
33	힘센 막산이	도서출판 영주	2021	전자출판
34	애기업개 돌	도서출판 영주	2021	전자출판
35	사만이	도서출판 영주	2021	전자출판
36	저승할망	도서출판 영주	2021	전자출판
37	영등할망	도서출판 영주	2021	전자출판

38	비양도	도서출판 영주	2021	전자출판
39	문곡성과 두 명인 이어도 갑돌이 인생	도서출판 영주	2021	전자출판
40	평대 부대각	도서출판 영주	2021	전자출판
41	자청비	도서출판 영주	2021	전자출판
42	설문대할망	도서출판 영주	2021	전자출판
43	아흔 아홉 골	도서출판 영주	2021	전자출판
44	의녀 김만덕	도서출판 영주	2021	전자출판
45	물장오리 선녀탕	한국해양아동문화연구소	2021	전자출판
46	돌하르방 선녀탕	한국해양아동문화연구소	2021	전자출판
47	우리나라에 두 그루밖에 없는 나무	도서출판 영주	2021	전자출판
48	스트레스를 확 날려라	도서출판 영주	2021	전자출판
49	벌초 문화 많이 변했네	도서출판 영주	2021	전자출판
50	도심 속 순간 포착	도서출판 영주	2021	전자출판
51	범섬 선녀탕	한국해양아동문화연구소	2021	전자출판
52	암행어사 출두요!	도서출판 영주	2021	전자출판
53	학부모가 만든 올레길	도서출판 영주	2021	전자출판
54	설문대할망 선녀탕	한국해양아동문화연구소	2021	전자출판
55	쓸데없는 걱정	도서출판 영주	2021	전자출판
56	국내 유일의 국제자유도시 학교	도서출판 영주	2021	전자출판
57	환상적인 테마 공원	도서출판 영주	2021	전자출판
58	돌담의 가치는 얼마일까요?	도서출판 영주	2021	전자출판
59	이어도의 날	도서출판 영주	2021	전자출판
60	밸런싱 요가 메디컬 요가	도서출판 영주	2021	전자출판
61	교육이 국가 경쟁력이다	도서출판 영주	2021	전자출판
62	얻고 싶으면	도서출판 영주	2021	전자출판
63	육지 최대와 바다 최대가 만나면	도서출판 영주	2021	전자출판
64	황우지 선녀탕	한국해양아동문화구소	2021	전자출판
65	두럭산 선녀탕	한국해양아동문화구소	2021	전자출판
66	코로나 선녀탕	한국해양아동문화구소	2021	전자출판
67	혼인지 선녀탕	한국해양아동문화구소	2021	전자출판
68	한라수목원 선녀탕	한국해양아동문화구소	2021	전자출판
69	섭지코지 선녀탕	한국해양아동문화구소	2021	전자출판
70	용머리 선녀탕	한국해양아동문화구소	2021	전자출판
71	천제연 선녀탕	한국해양아동문화구소	2021	전자출판
72	아홉아흡골 섭녀탕	한국해양아동문화구소	2021	전자출판
73	밸리 선녀탕	한국해양아동문화구소	2021	전자출판
74	방선문 선녀탕	한국해양아동문화구소	2021	전자출판
75	도구리 선녀탕	한국해양아동문화구소	2021	전자출판

76	오백장군 용두암 절부암	도서출판 영주	2021	전자출판
77	갑돌이 일생 외돌개	도서출판 영주	2021	전자출판
78	항몽유적 시사진전	도서출판 영주	2021	전자출판
79	장한철 산책로	도서출판 영주	2020	전자출판
80	제주목성을 떠난 돌하르방	도서출판 영주	2020	전자출판
81	책축제	도서출판 영주	2020	전자출판
82	가을에 핀 벚꽃	도서출판 영주	2020	전자출판
83	석굴암은 제주에도 있다	한국해양아동문화연구소	2020	전자출판
84	신이 내린 소나무 영송	한국해양아동문화구소	2020	전자출판
85	1100도로 길	한국해양아동문화구소	2020	전자출판
86	갯갓길 1호	한국해양아동문화구소	2020	전자출판
87	다시 한번 생각하라	한국해양아동문화연구소	2020	전자출판
88	돌문화 일출봉 돌하르방	한국해양아동문화구소	2020	전자출판
89	제주도 호국의 길 돌하르방 따라	한국해양아동문화구소	2020	전자출판
90	강화도 호국의 길 돌하르방 따라	한국해양아동문화연구소	2020	전자출판
91	진도 호국의 길 돌하르방 따라	한국해양아동문화구소	2020	전자출판
92	제주목성을 떠난 돌하르방	한국해양아동문화구소	2020	전자출판
93	제주대학교 박물관 돌하르방 사진 스토리텔링	도서출판 영주	2020	전자출판
94	관덕정 돌하르방 사진 스토리텔링	도서출판 영주	2020	전자출판
95	삼성혈 돌하르방 사진 스토리텔링	도서출판 영주	2020	전자출판
96	돌문화 방선문 돌하르방	도서출판 영주	2020	전자출판
97	돌문화 영실 돌하르방	도서출판 영주	2020	전자출판
98	돌문화 정의성 돌하르방	도서출판 영주	2020	전자출판
99	돌문화 대정성 돌하르방	도서출판 영주	2020	전자출판
100	돌문화 월드컵 돌하르방	도서출판 영주	2020	전자출판
101	돌문화 제주성 돌하르방	도서출판 영주	2020	전자출판
102	돌문화 제주 스토리텔링(2)	한국해양아동문화연구소	2020	전자출판
103	돌문화 제주 스토리텔링(1)	한국해양아동문화연구소	2020	전자출판
104	애월읍(장영주 편)	애월읍	2020	종이출판
105	마라도 시사진첩	한국해양아동문화연구소	2019	전자출판
106	탐라 9룡 길 따라	한국해양아동문화연구소	2019	전자출판
107	호국의 길 항파두리 길 따라(상중하) (장영주 편)	제주애월읍민회	2019	종이출판
108	제3회 시공모전 사진첩	한국해양아동문화연구소	2019	전자출판
109	나라사랑 호국의 길 항파두리	한국해양아동문화연구소	2019	전자출판
111	파파빌레 흑룡	도서출판 영주	2019	전자출판
112	곽금 8경	도서출판 영주	2019	전자출판
113	곽지향토지(장영주 편찬)	곽금초등학교	1984	종이출판
114	곽지설화 스토리텔링	도서출판 영주	2019	전자출판

115	곽지리 금성리	도서출판 영주	2019	전자출판
116	구엄리 돌염전	도서출판 영주	2019	전자출판
117	해안도로	도서출판 영주	2019	전자출판
118	가파도	도서출판 영주	2019	전자출판
119	제주 속담 동화	도서출판 영주	2019	전자출판
120	사진전 도록 책자 설문대할망	도서출판 영주	2019	전자출판
121	용연	한국해양아동문화연구소	2019	전자출판
122	시사진 공모전	한국해양아동문화연구소	2019	전자출판
123	애 영주 10경	한국해양아동문화연구소	2018	전자출판
124	항몽유적 발굴안내문 역사관 사진 스토리	한국해양아동문화연구소	2018	전자출판
125	항몽유적 장수물 오방기 살맞은 돌 수정사터 돌 쩌귀 사진 스토리	한국해양아동문화연구소	2018	전자출판
126	항몽순의비 항파두성 사진 스토리	한국해양아동문화연구소	2018	전자출판
127	아기상군해녀	책과나무	2018	종이출판
128	설문대할망	글사랑	2009	종이출판
129	항파두리 실제와 이론	애월읍민회	2018	종이출판
130	항파두리 항몽유적	한국해양아동문화연구소	2018	전자출판
131	영등할망 저승할망	한국해양아동문화연구소	2018	종이출판
132	삼승할망 선문대할망	한국해양아동문화연구소	2018	종이출판
133	구슬할망 할망당	한국해양아동문화연구소	2018	종이출판
134	아, 광해!	도서출판 영주	2020	종이출판
135	문필봉	한국해양아동문화연구소	2018	전자출판
136	금산공원	한국해양아동문화연구소	2018	전자출판
137	연화못 우사지	한국해양아동문화연구소	2018	전자출판
138	사이버세상속 문학이야기	제주국제교육정보원	2018	종이출판
139	강승우 소위	한국해양아동문화연구소	2017	전자출판
140	애월읍 역사설화스토리텔링(증보판)	애월읍	2017	종이출판
141	나를 따르라(장영주 편)	글사랑(한국해양아동문화연구소)	2017	종이출판
142	메아리를 부르는 아이	한국해양아동문화연구소	2017	전자출판
143	산방굴사	한국해양아동문화연구소	2017	전자출판
144	만화 여우고개	한국해양아동문화연구소	2017	전자출판
145	돌문화공원 속 설화	한국해양아동문화연구소	2017	전자출판
146	마라도 비양도	한국해양아동문화연구소	2017	전자출판
147	만화 허웅아기	한국해양아동문화연구소	2017	전자출판
148	김만녁	한국해양아동문화연구소	2017	전자출판
149	만화 산방덕이	한국해양아동문화연구소	2017	전자출판
150	갑돌이의 일생	한국해양아동문화연구소	2017	전자출판
151	올렛길설화	한국해양아동문화연구소	2017	전자출판

152	제주도 최초 설화동화 연구	한국해양아동문화연구소	2017	전자출판
153	설문대설화	한국해양아동문화연구소	2017	전자출판
154	항몽유적 역사설화	한국해양아동문화연구소	2017	전자출판
155	한라산에서 태어난 신 설화	한국해양아동문화연구소	2017	전자출판
156	제주가 처음 열리던 날	한국해양아동문화연구소	2017	전자출판
157	차귀도 설화	한국해양아동문화연구소	2017	전자출판
158	연북정	한국해양아동문화연구소	2019	전자출판
159	제주시내 올랫길 설화	한국해양아동문화연구소	2019	전자출판
160	서귀포시 서부	한국해양아동문화연구소	2019	전자출판
161	서귀포시 동부	한국해양아동문화연구소	2019	전자출판
162	서귀포 시내	한국해양아동문화연구소	2019	전자출판
163	애월읍 역사설화 스토리텔링	애월읍	2015	종이출판
164	표해록	글사랑	2014	종이출판
165	소원의 열쇠	익산	1997	종이출판
166	통일동화구연 호랑이편	소년문학	2014	종이출판
167	통일동화구연 토끼편	소년문학	2014	종이출판
168	통일동화구연 인물편	소년문학	2014	종이출판
169	민족전래동화(제주도편)-9	아동문예	1992	종이출판
170	민족전래동화(제주도편)-8	아동문예	1991	종이출판
171	민족전래동화(제주도편)-6	아동문예	1990	종이출판

❖ 향토(제주도) 관련 표지 모음

546y

564y9

657

666장영주 편

678

722

743

764

777

1287

2777

2785

3477

3641

4232

4367

4657

5980

6389

6437

6448

7355

7474

8211

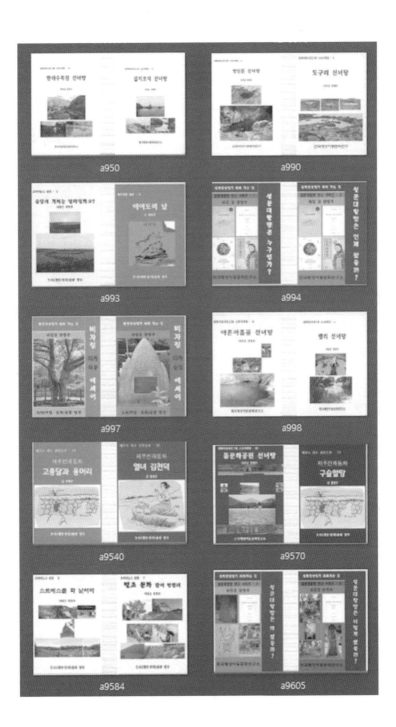

a991

a992

a995

a996

a999

a9433

a9573

a9577

a9933

a9965

q01

q02

q57

q241

q534

q620

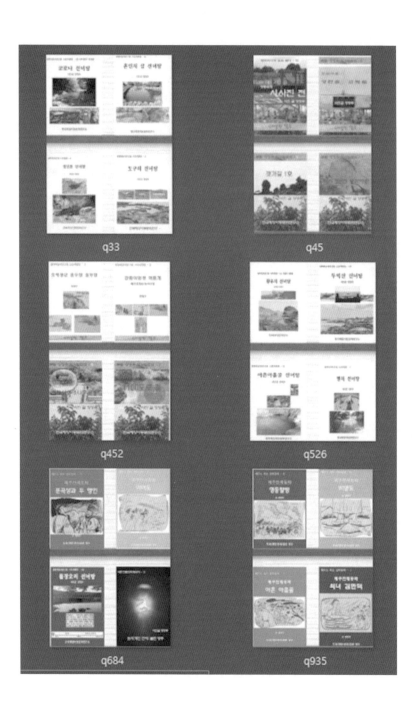

q33

q45

q452

q526

q684

q935